아기곰 프레지날드

멋진 시인이자 유명한 서커스단원인 귀여운 아기곰 프
레지날드.

탐정 사무소를 운영하는 프레디의 도움을 받아 붐슈미
트 서커스단을 방해하는 멘도자의 정체를 밝혀 내는 프
레지날드와 친구들의 활약을 기대하세요.

프레지날드는 시를 지으며 무척이나 바쁜 나날을 보냈다.

돼지 프레디와 다양한 동물 친구들이 주는 웃음과 감동,
무한한 호기심이 펼쳐지는 동물들의 세상

돼지 프레디와 동물 친구들이 살고 있는 '빈 아저씨네 농장'을 무대로 펼쳐지는 프레디 이야기는 1927년에 첫 권 《플로리다에 간 프레디》를 시작으로 1958년 총 26권이 발행되기까지 당시 미국 어린이들의 사랑을 한몸에 받은 아동 문학의 고전입니다. 영리하고 합리적인 돼지 프레디를 중심으로 농장에 사는 다양한 동물들의 생활이 생생하게 펼쳐지고 있습니다. 재미와 웃음, 감동은 물론 이야기를 다 읽고 난 다음에는 왠지 내게도 일어날 수 있을 것 같은 이야기에 마음이 설레기까지 합니다. 이 동화가 출간되던 당시 미국에서 어린 시절을 보낸 사람이라면 프레디 이야기를 모르는 사람이 없을 정도로, 프레디 이야기는 '선과 악, 우정과 배반, 정직과 거짓에 대해 가장 명확한 정의를 내려준' 책으로 인정받고 있습니다.

이 책의 지은이인 월터 R. 브룩스(Walter R. Brooks)는 1886년 1월 9일 뉴욕 주의 롬에서 태어나 1958년 8월 17일 뉴욕 주의 록스베리에서 사망하기까지 수많은 글을 쓰며, 여러 유명 잡지에 글을 발표했습니다. 그중 단편 소설 〈에드는 맹세했다〉는 1950년대에 말하는 말을 주인공으로 한 텔레비전 시리즈 《에드 씨》의 기본 줄거리가 되기도 했습니다. 뭐니뭐니해도 브룩스의

가장 훌륭한 업적은 바로 이 프레디 시리즈라 할 수 있습니다. 1958년 세상을 떠날 때까지 그는 프레디를 주인공으로 총 26권의 이야기를 써 나갔습니다.

《레오폴드 왕의 유령》의 저자인 아담 호크쉴드(Adam Hochschild)는 "나의 어린 시절에 선과 악, 우정과 배반, 정직과 거짓에 대해 가장 명확한 정의를 내려 준 곳은 교회도, 학교도, 보이스카우트도 아닌 '빈 아저씨 농장'이었다"고 회상하고 있습니다.

미국의 유명한 평론가이자 작가인 라이오넬 트릴링은 프레디 시리즈를 "정말 유쾌하다"고 평했습니다. 또 브룩스를 좋아하는 사람들은 프레디를 조지 오웰의 《동물 농장》(1945년)에 나오는 유명하고 문학적인 돼지들의 조상으로 보고 있기도 합니다.

프레디 시리즈의 삽화를 그린 쿠르트 바이제(Kurt Wiese)는 1887년 독일 민덴에서 태어났습니다. 1928년에 '아기 사슴 밤비'를 그리면서 세계적인 명성을 얻은 그는 1974년 5월 87세를 일기로 세상을 떠나기까지 400권이 넘는 책의 삽화를 그렸으며, 그 가운데 18권은 직접 글을 쓰기까지 했습니다. 세계 곳곳을 여행했으며, 특히 중국을 좋아하여 오랫동안 머물렀습니다. 그의 작품 가운데는 중국에서의 경험을 바탕으로 한 작품이 여럿 있습니다. 미국의 동화책 삽화가 중에서도 특히 뛰어난 작가로 인정받고 있는 그는, 칼데코트 상(Caldecott Honors : 1938년부터 매년 최우수 그림책을 만든 작가에게 수여되는 명예상)과 뉴베리 상(Newbery Awards and Honors : 1922년부터 매년 최우수 어린이 문학 작가에게 수여되는 최고의 영예)을 받았습니다. 바이제는 특히 동물들을 즐겨 그렸다고 합니다.

이 책의 등장 인물

프레지날드

이 책의 주인공인 아기곰. 루이즈라는 이름 때문에 놀림을 받지만 열심히 노력하여 멋진 시인이자 유명한 서커스단원이 되고, 프레지날드라는 새 이름을 얻는다.

프레디

이 책의 주인공. 탐정 사무소를 운영하고 있는 영리한 돼지. 프레지날드의 요청을 받아 해켄메어 행세를 하는 멘도자의 정체를 밝혀낸다.

레오

다정하고 장난기 많은 서커스단의 사자. 외로운 프레지날드를 서커스단에 소개하여 인기를 얻게 한다. 프레지날드와 모험을 같이하는 단짝 친구.

루이즈

자신이 잘났다고 생각하는 아기 코끼리. 처음에는 자신과 이름이 같은 프레지날드를 싫어하지만 프레지날드의 도움을 받은 뒤로 친해진다.

붐슈미트 아저씨

서커스단의 단장. 인정이 많고, 모든 동물을 진심으로 사랑한다. 특히 아기곰 프레지날드를 격려해 주고, 멋진 서커스맨으로 성공시킨다.

멘도자
해켄메어 아저씨의 부하로, 심성이 음흉하여 해켄메어
아저씨를 가두고 붐슈미트 서커스단을 방해한다.
나중에 정체가 탄로나 도망치다가 독수리 발디에게
쪼여 힘을 잃는다.

델핀아줌마
프레지날드가 가장 좋아하는 아줌마로, 재미있는
이야기를 많이 들려준다. 손금을 통해 프레지날드에게
위험이 다가오고 있음을 암시해 준다.

제리
천하무적이지만 단순한 코뿔소. 돌진하는 순간 두 눈을
꼭 감기 때문에 멈추기가 쉽지 않다. 강도 소굴에서
강도들의 두목 황소와 싸워 이긴다.

두목 황소
프레지날드와 레오를 헛간에 가두는 강도 무리의 두목.
조직의 운명을 걸고 제리와 대결을 벌이지만 결국 크게
한방 먹는다.

발디
서커스단의 용감한 독수리. 프레지날드와 레오가 강도
소굴에 갇혔을 때 가장 먼저 날아가 수탉을 납치하고,
도망가는 멘도자를 골려 준다.

옮긴이 | 박인희

연세대학교를 졸업했으며, 현재 출판 번역가로 활동하고 있다.
옮긴 책으로 《인상학》 《아빠라는 이름의 남자》 《카르마》 《폭로》
《일년이 행복해지는 마음의 지혜》 《플로리다에 간 프레디》
《마술사 프레디》 등 여러 권이 있다.

아기곰 프레지냘드

초판 1쇄 인쇄 | 2006년 7월 10일
초판 1쇄 발행 | 2006년 7월 20일

지은이 | 월터 R. 브룩스
옮긴이 | 박인희
펴낸이 | 양동현

펴낸곳 | 도서출판 나들목
출판등록 | 제6-483호
주소 | 서울 성북구 동소문동4가 124-2
대표전화 | 02) 927-2345 팩시밀리 | 02) 927-3199
이메일 | nadeulmok@nadeulmok.co.kr

ISBN | 89-90517-35-4 04840
ISBN | 89-90517-30-3 04840(세트)

잘못 만들어진 책은 구입한 곳에서 바꾸어 드립니다.

The Story of FREGINALD

아기곰 프레지날드

월터 R. 브룩스 지음 | 박인희 옮김

차 례

1. 아기 곰 루이즈

옛날에 루이즈라는 곰이 살았다. 곰들은 에드나 조지, 빌과 같은 이름으로 불리는 것이 보통이었지만, 아기 곰의 아빠와 엄마는 각자 다른 이름을 지어 놓고 있었다.

아빠 곰은 아이를 프레드라고 부르고 싶어했지만 엄마 곰은 반대했다.

"프레드는 마음에 안 들어요. 레지날드가 더 좋다니까요."

"말도 안 돼!" 하고 아빠 곰이 화를 냈다. "레지날드가 뭐야! 누가 애한테 그런 이름을 붙여 주나? 얘는 프레드라니까."

"레지날드예요!" 엄마 곰이 우겼다.

"프레드!" 아빠 곰도 고집을 부렸다.

"레지날드!"

"프레드!"

기어이 할머니가 싸움을 말리기에 이르렀다.

"얘들아, 그러면 조지라고 부르는 게 어떻겠니? 가족 대대로 내려오는 이름이니까. 조지 주니어. 그래, 이게 좋겠다."

그러나 아빠와 엄마는 그 이름도 마음에 들지 않았다. 실은, 어느 누가 어떤 이름을 얘기해도 마음에 들지 않았다. 결국 가족 중에서 가장 어른이자 아기곰의 증조 할아버지인 할아버지 곰을 찾아가기로 했다.

언덕 위의 동굴 안에서 혼자 사는 할아버지 곰은 매우 현명했다. 때때로 할아버지 곰은 며칠 동안 입을 꼭 다물고 한 마디도 하지 않았는데, 어쩌다 입을 여는 경우는 대부분 누군가 질문을 해 왔을 때뿐이었다. 할아버지 곰은 그만큼 현명했다.

엄마 아빠 곰이 동굴 문을 두드리자, 할아버지가 나와 환한 햇빛에 눈이 부신 듯 눈살을 찌푸리며 문을 열어 주었다.

"어험!" 할아버지 곰이 헛기침을 했다. "그래, 무슨 일이냐?"

"아이 이름을 짓는데 서로 마음이 맞지 않아요." 하고 엄마 곰이 아이 곰을 앞으로 밀면서 말했다. "저희를 좀 도와주세요."

"어험!" 하고 할아버지 곰이 다시 헛기침을 했다. "그런 문제는

너희들 스스로 해결했어야지. 어쨌든 여기까지 찾아왔으니 내가
이 공주님의 이름을 지어 주지. 하지만 한번 이름을 정하면 그걸
로 끝이다. 또 다른 이름을 지어 달라고 찾아오면 안 돼."

"하지만, 할아버님." 엄마 곰이 끼여들었다. "얘는 공주가 아니
에요, 얘는……."

"조용히 해라!" 할아버지 곰이 엄마 곰의 말을 막았다. "그렇게
계속 말을 붙이면 어떻게 이름을 지을 수가 있겠냐?"

"하지만, 할아버님." 아빠 곰도 가세했다. "그게 아니고요……."

"이제부터는 한 마디도 하지 마라!" 할아버지 곰이 호통을 쳤다.
"오늘 하루 종일 이 문제로 씨름하고 싶지 않다. 만약 한 마디라도
더 하면 이 문제는 이걸로 끝이다."

엄마 곰과 아빠 곰은 서로를 쳐다보면서 코를 찡긋거렸지만 더
이상 아무 말도 할 수 없었다. 할아버지 곰은 잠시 두 눈을 감고
있다가 번쩍 뜨더니 "루이즈!"라고 했다.

"하지만 그건 여자 이름이잖아요." 엄마 곰이 반대했다. "이 아
이는 남자라고요."

"할 수 없다. 아이 이름은 이미 정해졌어. 그럼 미리 말을 했어
야지. 이제는 너무 늦었구나."

엄마 곰과 아빠 곰은 다시 서로를 쳐다보면서 전보다 더 세게 코
를 찡긋거렸다. 하지만 이제 와서 불평해 봤자 아무 소용이 없다

아기 곰 루이즈

는 것을 잘 알고 있었다.

"어쨌든 고맙습니다."

아빠 곰은 인사를 하고는 엄마 곰과 함께 집을 향해 터덜터덜 걸어갔다. 엄마 아빠 곰은 이름이 전혀 마음에 들지 않았지만 할아버지께서 지어 준 이름을 사용하기로 이미 약속했기 때문에 어쩔 수가 없었다. 그리하여 아기 곰은 루이즈로 불리게 되었다.

루이즈는 이름 때문에 친구들의 놀림거리가 되었다. 친구들과 함께 어울리고 싶었지만 아무도 여자 이름을 가진 루이즈를 끼워 주지 않았다. "우리는 여자 아이랑은 안 놀아." 하고 친구들은 루이즈를 쫓아 버렸다. 결국 루이즈는 혼자 쓸쓸히 곰들이 거의 가

아기곰 프레지날드

지 않는 넓은 들판엘 나가거나 시냇물을 따라 걷곤 했다. 때로는 혼자서 장난을 치기도 했고, 가끔은 토끼와 다람쥐와 여우와 생쥐처럼 곰들이 잘 어울리지 않는 덩치가 작은 동물들과 함께 어울리기도 했다.

그들과 어울리면서 루이즈는 그들에게 다른 곰들이 할 수 없는 여러 가지를 배우게 되었다. 예를 들면, 토끼처럼 깡충깡충 뛸 수도 있게 되었고, 사향뒤쥐(머스크랫. 쥐의 일종 – 역주)처럼 헤엄을 칠 수도 있게 되었으며, 여우처럼 소리내지 않고 움직이는 법도 알게 되었다. 그러나 대부분의 경우는 혼자서 시간을 보냈다.

그러다 보니 루이즈는 자연스럽게 시를 쓰게 되었다. 그는 심심해지면 혼자서 노래를 부르곤 했는데, 이것저것 생각나는 낱말을 모두 모아서 노래를 지었다. 처음에는 그저 낱말을 나열하는 수준에 불과했기 때문에 말이 되지 않았다. 루이즈 역시 자신이 무슨 노래를 부르고 있는지 신경 쓰지 않았다.

어느 날, 루이즈는 숲 속을 가로질러 흐르는 작은 강어귀의 커다란 바위에 앉아 있었다. 평평한 바위에서 하염없이 따뜻한 햇볕을 쪼이고 있던 그는 흐르는 강물을 내려다보면서 조용히 노래를 부르기 시작했다. 그런데 그때 갑자기 머리 위에서 카랑카랑한 목소리가 들렸다.

"아주 잘하는데, 루이즈! 정말 탁월해! 네가 시인인 줄은 미처 몰랐는걸."

고개를 들어 보니 나뭇가지 위에 물총새 한 마리가 앉아 있었다.

"시인이라고? 난 시인이 아니야."

"그래. 하지만 지금 그 노래는 네가 직접 지은 거잖아, 안 그래?"

루이즈는 자신이 무슨 노래를 불렀는지 기억해 보려고 했지만 마지막 구절밖에 생각이 나지 않았다.

오, 강물이 흘러가네, 날아가듯 흘러가네
강물은 쉬지도 않나 보네, 졸리지도 않나 보네
생각해 보면 정말 희한한 일이야, 그렇지 않아?
강물은 숨이 차는 것도 모르고 더위도 모르니 말이야.

"아냐, 이건 시가 아니야. 그냥 나 혼자 중얼거린 거라고."

"그래, 내 말은 네가 아주 멋진 시를 혼자서 중얼거리고 있다는 거야."

물총새는 그렇게 말하고는 건너편 강가로 날아가 버렸다.

그 뒤로 루이즈는 혼자서 흥얼거린 노래를 잘 기억해 두었다가 친구들에게 들려주었다. 물론 셰익스피어와는 비교도 할 수 없는 시였지만 작은 곰의 솜씨치고는 매우 훌륭했다. 그 때문에 그 지역에 살고 있는 동물들은 지금까지도 루이즈가 지은 노래를 부르고 있다.

비록 친구들의 놀림감이 되고 항상 혼자서 시간을 보내야 했지만, 루이즈는 숲 속의 어른 곰들에게 인기가 많았다. 심부름도 잘 하고 착한 행동을 했을 뿐만 아니라, 틈만 나면 어른들을 피해 밖으로 놀러 나가고 싶어하는 다른 곰들과는 달랐기 때문이다. 이 점을 좋게 생각한 어른들은 대부분의 아기 곰들이 나이가 든 뒤에야 배울 수 있는 아주 유용하고 재미있는 것들을 많이 가르쳐 주었다. 아니, 어떤 것은 나이가 들어도 결코 배울 수 없는 것이었다. 그래도 또래 친구가 없는 루이즈는 늘 슬펐고, 외롭기까지 했다. 이렇게 외로울 때면 그는 노래를 지어 불렀는데, 이 노래를 들어 본 사람이라면 누구나 그의 마음이 얼마나 쓸쓸한지를 금방 알 수 있었다.

아, 집토끼는 집토끼들끼리 놀고
산토끼는 산토끼들끼리 노네
나도 우리 곰들과 함께 놀고 싶은데,
내 친구들과 함께 놀고 싶은데……

아기 곰 루이즈

얼룩다람쥐랑 놀고 싶지만 다람쥐는 너무 작아
정말 놀고 싶다면 내 친구들과 함께 놀아야 하잖아

하지만 친구들은 내 이름이 우습다고 생각하고
그래서 내가 다가가면 손가락질하며 나를 놀리네
왜 그러냐고 이유를 물으면
그냥 "어, 그거야 뭐……"라고 하기만 하지

그리고는 키득거리면서 뭐라고 속삭이더니
"자, 나무 위로 올라가자!"고 했어
나는 정말 곰들이랑 놀고 싶지만, 그러나
친구들은 나와 놀려고 하지 않았어

만약 내 이름이 에디나 헨리였다면
또는 지미나 조나 제임스였다면
아니 윌리처럼 촌스러웠더라도
친구들은 나를 놀이에 끼워 주었을 거야

그래, 만약 조지 워싱턴 대통령의 부모님들이
우스꽝스러운 이름을 붙여 주었다면

아기곰 프레지날드

그는 결코 대통령이 되지 못했을 것이고
존경과 명예의 인물도 되지 못했을걸

나는 대통령이 되고 싶은 게 아니야
돈, 난 그것도 관심 없어요. 명예도 싫죠
하지만 내가 그저 평범한 곰임을 보여 줄 수 있는
바로 그런 이름을 간절히 원해요.

그날도 루이즈는 혼자 숲 속을 거닐고 있었다. 비록 친구도 없이 혼자이기는 했지만 전혀 외롭지 않았다. 한동안 소나무가 바람에 흔들리는 것을 지켜보던 그는 시를 한 편 지으려고 했다. 그러나 사각사각 하고 나뭇가지가 서로 부딪는 소리에 졸린 나머지 "아, 바람이구나!" 하는 말만 떠오를 뿐이었다. 시라고 하기에는 너무도 부족했다. 그는 다시 강가로 내려가서 얕은 물에서 헤엄을 치고 있던 물고기들에게 말을 걸어 보았다. 그러나 기분이 좋지 않았던 물고기들이 못 들은 척하는 바람에 루이즈는 똑같은 질문을 두세 번 반복해야 했다. 하지만 물고기들이 전혀 엉뚱한 대답을 하자 마음씨 착한 루이즈도 화가 치밀었다. 결국 그는 물고기들을 뒤로하고 숲 속으로 돌아왔다.

바람 소리에 귀를 기울이며 숲 속을 거닐던 루이즈는 나무들은 왜 저마다 다른 소리를 내는 걸까 하고 생각에 잠겨 있었다. 그런데 바로 그때, 바람 소리와는 전혀 다른 괴상한 소리가 들렸다. 그것은 가끔씩 강에 나타나곤 했던 모터보트 소리와 비슷했는데, 꽤나 먼 곳에서 시동을 끈 모터보트가 열이 식지 않아 부르릉거리는 것만 같았다. 하지만 그 소리는 강이 아닌 숲에서 들려왔다. 소리가 나는 곳을 따라 숲길을 올라가니 자그마한 공터가 나타났다. 공터 한가운데에는 그가 지금까지 한 번도 본 적 없는, 노르스름한 색깔에 덩치가 큰 동물이 눈을 감고 엎드려 나지막하게 코를 골고 있었다.

루이즈는 잠시 자리를 잡고 앉아 조용히 지켜보다가 더 이상 궁금증을 참지 못하고 작은 기침 소리를 냈다. 잠시 후 동물이 눈을 뜨더니 "안녕, 곰돌아." 하고 인사를 건넸다.

"안녕." 루이즈도 인사했다. 그리고는 "잠을 깨웠다면 미안해." 하고 점잖게 사과했다.

"자고 있었니?" 하고 루이즈가 물었다.

"누가?"

"응, 코고는 소리가 들려서 나는 네가 자고 있는 줄 알았어." 하고 루이즈가 설명하자 그가 발끈 화를 냈다. "난 자지 않았어! 그냥 그르렁거리고 있었던 거야."

"아, 그렇구나." 루이즈는 당황해서 "그렇다면 미안해. 하지만

잠시 후 동물이 눈을 뜨더니 "안녕, 곰돌아." 하고 인사를 건넸다.

아기 곰 루이즈

너는 고양이가 아니잖아." 하고 사과했다.

"그래, 나는 사자야. 고양이과 중에서 가장 힘이 세서 동물의 왕이라고 불리지." 하고 아주 자랑스러운 듯이 자신을 소개했다.

"아, 그렇구나."

"내 이름은 레오야."

루이즈는 심각한 얼굴로 고개를 끄덕였다. 그리고는 "레오." 하고 그의 이름을 불러 보았다.

"멋진 이름인데! 만나서 반갑다, 레오."

"그래, 고마워. 그런데 네 이름은 뭐니?"

곰은 순간 당황해서 "어, 그러니까……, 내 이름은……, 루이즈야." 하고 더듬거렸다.

그런데 갑자기 사자가 벌떡 일어나더니, "루이즈!" 하고 소리를 질렀다. "와우, 아주 멋진데! 멋지다고! 아니, 아주 훌륭해! 정말, 붐슈미트 아저씨가 알면 굉장히 좋아하시겠는걸. 너 인기가 대단하겠구나! 루이즈라는 이름을 가진 곰이라니!" 그리고는 다시 그르렁거렸다. 그 소리가 너무 커서 가까이 있는 나뭇가지들이 모두 흔들릴 정도였다.

"그러니까, 저……, 네 말은 조금도 웃기지 않다는 거야?" 루이즈가 물었다.

"웃기다고? 뭐가?" 레오가 물었다.

아기곰 프레지날드

"그러니까……."

레오가 그만두자는 듯이 앞발을 내저었다.

"뭐라고 말로는 설명할 수 없어! 하지만 정말 훌륭한 이름이야!" 그리고는 자리에서 일어서며 말했다. "너 지금 당장 나랑 같이 붐슈미트 아저씨를 만나러 가자."

루이즈는 어리둥절하기만 했다.

"나는 무슨 말인지 전혀 모르겠어. 도대체 네가 지금 무슨 말을 하고 있는지 이해가 안 돼."

사자는 답답하다는 듯이 얼굴을 찌푸리더니 다시 자리에 앉았다. "좋아, 좋아." 사자가 설명을 했다. "아무래도 설명이 필요하겠군. 그러니까 나는 서커스 단원이야. 우리는 여러 지방을 돌아다니면서 공연을 하지. 하지만 요즘 들어 별로 소득이 없는 바람에 단장인 붐슈미트 아저씨가 상당히 기운이 없으셔. 아저씨는 동물이 부족해서 그렇다고 말씀하시지. 이 상태로는 성공할 수 없다고……. 그나마 쇼를 보러 온 몇몇 사람들도 '사자랑 호랑이랑 코끼리랑 원숭이는 전에도 보았어. 좀 다른 동물들을 데려오는 게 어때? 이제까지 보지 못한 새로운 놈들을 데려와야 쇼를 보러 오지.'라고 말해. 이제는 그들도 쇼를 보러 오지 않을 거야. 붐슈미트 아저씨는 사람들에게 무언가 색다른 것을 보여 주어야 한다고 말씀하지만 지금까지 그 색다른 것을 생각해 내지 못했어. 원숭이들에게 화려한 의상을 입혀서 아프리카 야만족인 방고방고 족이라고 광고해 봤지만 사람들은 원숭이가 변장했다는 사실을 금방 눈치챘어. 그러면서 '치, 원숭이한테 옷을 입힌 거로군.' 하고 말했지.

그런데 바로 네가 나타난 거야! 때맞추어 말야! 루이즈라는 이름의 곰돌이라! 내가 장담하건대 이런 걸 본 사람은 하나도 없을걸! 나랑 함께 가서 붐슈미트 아저씨를 만나자. 아저씨가 무척 기뻐하실 거야."

루이즈는 레오를 따라나서야 할지 말아야 할지 결정을 내릴 수가 없었다. 서커스에 들어가면 재미있을 거라는 막연한 생각은 들었다. 루이즈도 종종 여행을 다니는 꿈을 꾸곤 했지만 만약 그렇게 된다면 아주 새로운 이름을 갖고 싶었다. 그가 멀리 떠나려고 하는 가장 큰 이유는 바로 이름을 바꿀 수 있기 때문이었다. 하지만 서커스단에 들어간다면 이름을 바꾸지 못하는 것은 물론이고, 오히려 그 이름을 더 널리 알려야만 했다.

"나는……, 그러니까 난, 잘 모르겠어." 루이즈가 머뭇거리자 사자가 어깨를 툭 쳤다.

"자, 가자." 사자가 말했다. "일단 붐슈미트 아저씨를 만나 봐. 너도 아저씨를 좋아하게 될 거야. 아저씨는 아주 재미있는 분이셔. 아저씨와 이야기를 나눈 뒤에 결정해도 늦지 않아."

사자는 숲을 지나 강가로 루이즈를 안내했다. 강둑에 다다르자 반대편 들판에 커다란 텐트가 하나 보였는데, 그 커다란 텐트를 중심으로 여러 개의 작은 텐트들이 모여 있었다. 많은 사람들과 동물들이 서로 이야기를 나누거나 큰소리를 외치면서 분주히 돌아다니고 있었다. 그들은 수심이 깊지 않은 지점을 골라 강을 건너 텐트를 향해 갔다.

텐트로 걸어가던 그들은 온통 빨간색과 금색으로 칠을 한 멋진 마차들 옆을 지나치게 되었다. 그때 갑자기 사자가 '동물의 왕, 레오'라고 써 있는 마차 앞에 멈추어 섰다.

"이게 내 마차야." 레오의 자랑에 루이즈는 "와, 진짜 근사하다."라고 감탄했다.

"너도 우리 서커스단에 들어오면 이런 마차를 갖게 돼."

그들은 밧줄과 말뚝에 발이 걸리지 않게 조심하면서 텐트 사이를 통과했다. 루이즈는 얼룩말과 원숭이와 호랑이와 코뿔소 등 지금까지 한 번도 보지 못한 동물들을 보고는 그들을 구경하기 위해 잠시 멈춰 섰다. 하지만 레오는 걸음을 재촉했다.

타조를 발견한 레오가 걸음을 멈추고 인사를 건넸다. "안녕, 오스카, 단장님은 어디 계시니?"

그러나 타조는 거만한 태도로, "나도 몰라."라고 대답하더니 성큼성큼 가 버렸다. 레오는 기분이 상한 듯 투덜거렸다.

"붐슈미트 아저씨만 아니면 저놈의 꼬리털을 뽑아 놓는 건데. 타조 놈들이란! 잘 들어, 아기 곰아. 새들은 덩치가 크면 클수록 머리가 나빠. 예의바르게 행동하지 않으면 너도 멍청하다는 소리를 듣게 될 거야. 어이, 안녕 구스."

레오가 갑자기 두 남자를 도와 밧줄을 당기고 있던 코끼리를 발견하고는 하던 이야기를 멈추었다. "단장님은 어디 계시니?"

"안녕, 레오?" 하고 코끼리가 인사를 건넸다. "저쪽에 뱀이 있는 곳에 계셔. 한 놈이 아프거든. 아마 팝콘을 먹어서 그런 것 같아. 그런데 옆에 있는 친구는 누구야?"

"내가 나중에 소개해 줄게. 우리 서커스단에 들어올 거거든."

텐트 앞에 도착해 보니 몇몇 인부들이 작은 뱀들이 그려져 있는 커다란 간판을 들어올리고 있었다. 텐트를 들여다보니 작고 뚱뚱한 몸에 얼굴이 둥근 한 남자가 체크 무늬 정장을 입고 실크 모자를 뒤통수에 아슬아슬하게 얹은 채 서 있었다. 그는 병 두 개와 수저를 손에 들고는 똬리를 틀고 있는 뱀 세 마리를 심각한 표정으로 내려다보고 있었다. 뱀들은 몸 어딘가가 상당히 불편한 듯 보였다.

"내가 몇 번이나 말했니?" 하고 남자가 그들을 나무랐다. "다시는 팝콘을 먹으면 안 된다고 말야. 너희들 몸에 좋은 음식들이 얼마든지 있는데 말야. 팝콘만 먹으면 항상 탈이 난다는 건 너희들도 잘 알잖아……." 그때 남자가 레오를 발견하고 이야기를 멈추었다.

"어, 레오 왔니?" 남자가 반갑게 맞아 주었다. "도대체 이놈들을 어떻게 하면 좋겠니? 글쎄 또 팝콘을 먹었지 뭐니."

"말씀하신 대로 하세요. 아주까리 기름을 주신다고 하셨잖아요."

"아, 제발!" 하고 뱀 가운데 한 마리가 말했다. "아주까리 기름은 정말 싫어요! 페퍼민트를 먹으면 나을 거예요."

"그렇지." 레오가 맞장구를 쳤다. "그런 다음에 또 팝콘을 먹겠지. 단장님, 이놈들한테 기름을 주세요."

"글쎄." 아저씨가 망설였다. "배가 아픈 걸로 충분히 벌을 받은 것 같아. 녀석들은 위가 길어서 아마 한동안은 계속 배가 아플 거야."

잠시 망설이던 아저씨는 각사탕을 하나 꺼내더니 그 위에 페퍼민트를 조금 따랐다.

"이번에는 페퍼민트를 주지. 하지만 이번이 마지막이야. 다음번에 또 그러면 그때는 기름을 줄 거야!"

"단장님, 지금 실수하시는 거예요." 레오가 못마땅한 듯 투덜거렸다. "아마 내일이면 똑같은 일이 벌어질걸요. 참, 여기 좀 보세요. 제가 친구를 한 명 데리고 왔어요. 이쪽은 붐슈미트 아저씨, 그리고 이쪽은 루이즈."

루이즈는 붐슈미트 아저씨가 내민 손 위에 앞발을 올려놓았다. 손은 따뜻하고 부드러웠다. 아저씨는 진심으로 반가운 듯 부드럽게 미소를 지었다. 루이즈는 금방 아저씨가 좋아졌다.

"루이즈, 지금 루이즈라고 했니?"

"예, 단장님. 제대로 들으신 거예요." 레오가 대답했다.

"세상에!" 붐슈미트 아저씨는 기쁨을 감추지 못한 채 소리를 지르면서 실크 모자를 뒤로 밀었다.

"루이즈라는 이름의 곰이라! 그거면 사람들이 다시 찾아올 거야! 레오, 도대체 어디서 이 아기 곰을 데려온 거니?"

"저, 죄송한데요. 저도 이름에 대해서는 어쩔 수 없어요. 아저씨처럼 저도 참 웃긴 이름이라고 생각하고 있거든요. 하지만……."

"웃기다고?" 붐슈미트 아저씨가 말을 가로막았다. "아주 훌륭한 이름이야! 물론 너 우리 서커스단에 들어올 거지?"

모든 일들이 너무 순식간에 일어났기 때문에 정신이 없던 루이즈는 뭐라고 대답해야 좋을지 몰랐다. 서커스에 들어가는 것은 멋진 일이 될 것이다. 더구나 이름을 가지고 놀리지 않는 동물들과 함께 지낸다는 것은 생각만 해도 설레다. 하지만 그러려면 당장 집을 떠나야 했고, 넓은 세계로 발을 내디뎌야 했다. 루이즈가 입

아기곰 프레지날드

을 열었다.

"아저씨, 저, 저도 그러고 싶어요. 하지만 일단 부모님께 여쭤어 봐야 해요. 그런데 정말 제가 쇼에 도움이 될까요, 네?"

"당연하지! 너는 인기를 한몸에 독차지하게 될 거야. 루이즈라는 이름의 곰이라! 애 어른을 막론하고 미국에 살고 있는 사람 가운데 이런 걸 본 사람은 한 명도 없을걸. 아니지, 아마 들어 본 적도 없을 거야. 그래 뭐 특별히 잘하는 것이 있니?"

"토끼처럼 폴짝폴짝 뛸 수 있어요." 루이즈가 조심스럽게 말했다.

이번에도 아저씨가 모자를 뒤로 잡아당기는 바람에 결국 모자가 바닥에 떨어지고 말았다. 하지만 아저씨는 아랑곳하지 않고 기쁨에 겨워 탄성을 질렀다.

"토끼처럼 폴짝폴짝 뛸 수 있다고? 오, 세상에! 신께서 나를 도우셨네! 그 정도면 아주 충분해! 레오, 안 그러니? 오, 우리는 앞으로 멋진 쇼를 하게 될 거야!"

"네, 아저씨." 루이즈가 대답했다.

"그러면 이제 사업 이야기를 하자." 붐슈미트는 뱀이 집어 준 모자를 받아 들면서 이야기를 꺼냈다. "물론 가장 먼저 부모님께 허락을 받아야지. 레오, 네가 함께 가서 자초지종을 설명해 드리렴. 그리고 다른 조건을 말하자면, 네 전용 마차 한 대가 제공되고, 너

아기 곰 루이즈

는 하루 두 차례 있을 공연 시간을 빼고는 어디서 무엇을 하든 자유다. 또 원하는 음식으로 하루 세 번씩 식사가 준비되는데, 케이크와 사탕은 너무 많이 먹지 않아야 해. 그런데 아침에는 뭐를 먹지?"

"아무거나 다 좋아요. 전 뭐든지 다 잘 먹어요."

"좋아, 좋아. 뭐 그렇게 까다로운 것 같지는 않구나. 하지만 필요한 게 있으면 언제라도 주저하지 말고 말하렴. 네가 편안하게 지낼 수 있도록 우리는 최선을 다할 거야. 자, 어서 레오와 함께 부모님을 찾아뵙고 허락을 받아 오렴."

2. 서커스단에 들어간 루이즈, 프레지날드가 되다

　루이즈의 부모님은 덩치도 크고 잘생긴 데다 책임감까지 있어 보이는 레오의 도움을 받아 아들이 세상 구경을 할 수 있게 된 것을 매우 기뻐했다.

　그날 오후, 루이즈는 서커스단에 합류했다. 붐슈미트 아저씨의 예상대로, 멀리 떨어진 곳에 사는 사람들까지 루이즈라는 이름의 곰을 보기 위해 몰려들었는데, 그가 토끼처럼 깡충거리며 링을 통과하는 공연을 하는 동안 우레와 같은 박수 소리가 끊임없이 이어졌다. 공연은 정말 대성공이었다.

　서커스단은 한 마을을 방문하면 보통 2~3일 정도를 머물렀다.

루이즈는 처음에는 이것저것 구경을 하고 다른 동물들과 사귀느라 시를 쓰는 것을 까맣게 잊고 지냈다. 특히 그들의 공연은 한 가지 점에서 다른 공연들과 매우 달랐다.

붐슈미트 아저씨의 설명에 따르면, 동물들이 모두 우리 안에 들어 있기는 했지만, 우리의 창살은 동물들이 나오지 못하게 하기 위한 것이 아니라 사람들이 우리 안으로 들어가지 못하게 하기 위한 것이었다. 따라서 사자나 호랑이, 캥거루를 비롯한 모든 동물들은 원할 때마다 우리에서 나와 사람들과 어울리면서 인부들의 일을 도와주기도 했다.

루이즈와 레오는 거의 매일 아침이면 공연이 시작되기 전까지 이곳저곳을 돌아다녔다. 어떤 때는 농장에 들러 농부들과 농담을 주고받기도 했다. 교양이 넘치고 여행 경험이 많은 레오는 어디를 가나 환영을 받았다. 붐슈미트 아저씨의 서커스단이 매년 이 지역을 방문했기 때문에 사람들은 이미 동물들에게 익숙해져 있어서 동물들을 두려워하지 않았다. 아마 창문 너머로 사자와 코끼리와 코뿔소가 과수원 주위를 어슬렁거리는 모습을 본다면 대부분의 농부들은 재빨리 지하실에 몸을 숨길 것이다. 그러나 이곳의 농부들은 창문을 열어 동물들에게 손을 흔들면서 안으로 들어와서 함께 차를 마시자고 권하곤 했다.

루이즈가 서커스단에 들어온 지 일주일이 지났을 때 붐슈미트

아저씨가 루이즈를 불렀다.

"루이즈, 나는 항상 동물들에게 잘해 주려고 한단다." 하고 아저씨가 말을 시작했다. "동물들이 하고 싶은 대로 내버려두는 것이 도움이 된다는 것을 알고 있으니까. 또 우리가 방문하는 마을마다 친구가 있다는 것도 동물들에게는 좋은 일이지. 나 역시 일 년 전에 방문했던 마을에 가서 다시 텐트를 치고 있을 때 농부와 아줌마들이 달려와 악수를 청하면서 정말 반갑다고, 그동안 얼마나 보고 싶었는지 모른다고 말했을 때 큰 보람을 느꼈단다. 하지만 공연을 위해서는 좋은 일만은 아니란다. 아침에 본 표범을 다시 보기 위해 25센트를 지불하고 오후 공연을 보러 올 사람은 아무도 없으니까 말야. 비록 명확하게 구별하기 힘든 때도 있기는 하지만, 친구와 이동 동물원 사업은 별개의 일이지. 누가 돈을 내고 친구를 만나려고 하겠니? 가장 중요한 것은 이 공연을 성공적으로 이끄는 일이야. 그래서 하는 말인데, 네가 우리 서커스단에서 가장 인기가 많으니까 사람들과 너무 친하게 사귀지 말았으면 한단다. 나도 이렇게 말하는 내 자신이 싫단다. 어떻게 보면 비열해 보일 수도 있어. 하지만 너도 상황을 알아야 해. 만약 그러지 않았다가는 다른 동물들이 그랬던 것처럼 관중을 모으는 데 실패하고 말거고, 그렇게 되면 서커스단을 해체해야 하거든. 그럼 당연히 더 이상 신나는 생활을 할 수 없게 되지."

루이즈는 아저씨의 말씀이 맞다고 생각했다. 농장에 찾아가 환영을 받고 맛있는 음식을 얻어먹는 것도 재미있지만, 공연을 하면서도 사람들과 동물들을 충분히 만날 수 있다. 아저씨의 말씀을 듣고 난 뒤로 루이즈와 레오는 산책을 나가도 마주치는 사람들과 예의바르게 이야기를 나누기만 할 뿐 더 이상 농가를 방문하지는 않았다. 그러다 보니 텐트 주변에서 어린 동물들과 어울리거나 공연을 보러 온 사람들과 함께하는 시간이 점점 늘어났다.
루이즈가 가장 좋아하는 사람은 점쟁이 델핀 아줌마였다. 아줌마는 정말 두 얼굴을 갖고 있었다. 구경꾼들이 서커스장 마당에 몰려들 때면, 검은색 가발에 집시 옷을 입고 손과 발에 수십 개의

아기곰 프레지날드

팔찌와 발찌를 비롯해 밝은 색의 구슬을 꿴 줄을 친친 감고는 신
비로운 분위기가 나는 작은 텐트에 자리를 잡고 앉아 사람들의 손
을 보면서 점을 쳐 주었다. 그러나 일단 공연이 끝나고 텐트와 의
상을 모두 치우고 나면 자신의 마차에 있는 흔들의자에 앉아 뜨개
질을 하면서 이야기를 들려주었다. 가끔씩 흔들의자를 멈추거나
뜨개질을 멈추기는 했어도 이야기를 중단하는 경우는 거의 없었
다. 딱 한 번, 아줌마는 이야기를 멈추고 루이즈가 들려주는 시를
열심히 듣더니 "아주 좋구나." 하고 칭찬해 주었다. 하지만 곧 다
시 이야기를 시작했다.

　아줌마는 서커스와 관련된 재미있는 일화들과 자신이 방문했던
수많은 마을에 대한 이야기, 그리고 그곳에서 만났던 사람들에 대
한 이야기를 들려주었는데 루이즈는 아줌마의 이야기를 매우 좋
아했다.

　델핀 아줌마는 점을 봐 줄 때는 아주 근사하고 고상한 단어들을
많이 사용했지만, 흔들의자에 앉아 있을 때는 아주 평범했다. 그
리고 그렇게 평범한 단어를 쓸 때의 아줌마가 훨씬 더 재미있다는
것을 루이즈는 알고 있었다. 그래서 시를 쓸 때도 그 방법을 응용
해 보았는데, 단순하면 단순할수록 사람들이 더 좋아한다는 것을
알 수 있었다. 이처럼 많은 사람들이 미처 발견하지 못한 것을 알
아차릴 만큼 루이즈는 똑똑했다.

루이즈가 델핀 아줌마를 자주 찾아가는 데는 또 다른 이유가 하나 더 있었다. 아줌마의 진짜 이름은 애니 캐러웨이로, 로즈라는 이름의 딸과 마차에서 함께 살고 있었다. 로즈는 서커스에서 안장이 없는 말을 타는 기수이자 곡마사였다. 아줌마의 마차는 매우 아늑하고 항상 정리정돈이 잘되어 있었다. 조각 이불이 덮여 있는 침대 두 개와 등받이에 천을 씌운 팔걸이 의자가 놓여 있었고, 벽에는 나이아가라 폭포와 어린 두 소녀가 춤을 추고 있는 그림이 걸려 있었다. 창문에는 작은 커튼이 드리워져 있었고, 작은 난로까지 갖추어져 있었다. 방 한가운데 놓인 테이블에는 딱딱한 사탕이 담긴 접시가 놓여 있었는데, 루이즈는 언제든 마음대로 사탕을 집어먹을 수 있었다. 아줌마의 마차는 아주 편안했다.

어느 날 델핀 아줌마가 루이즈에게 "점을 봐 줄까?" 하고 물었다. 루이즈는 얼른 대답했다.

"네, 그렇게 해 주세요. 오래전부터 아줌마한테 여쭈어 보고 싶었는데, 하루 종일 같은 일만 하시니깐 지겨우실 것 같아서 말하지 못했어요."

델핀 아줌마는 기분 좋게 웃었다. "얘야, 난 한 번도 지겹다고 생각한 적이 없단다. 만약 그렇다고 하더라도 내 친구는 예외지. 어디 손을 펴 보렴."

아기곰 프레지날드

  아줌마는 뜨개질 더미를 내려놓고는 루이즈의 손을 유심히 들여
다보았다. "세상에." 아줌마가 말했다. "네 손금은 마치 사람 손금
같구나." 아줌마는 루이즈의 손을 이리 돌려 보고 저리 비틀기도
하더니, 반으로 접어 옆부분을 자세히 살펴보았다. 이윽고 입을
열었다.

  "흠, 정말 특이하군. 너는 예술 감각이 아주 탁월해. 앞으로 네
가 선택한 분야에서 상당한 명성을 얻을 것이고, 유명 인사들과
어깨를 나란히 하게 될 거야. 그래, 아주 대단한 인물이 되겠는걸.
조각가로 유명해지겠냐고? 아니, 그렇진 않아. 너에게는 조각가에
게 필요한 길고 섬세한 손이 없으니까. 아, 이제 알겠다!"

  아줌마가 신이 나서 말했다. "그래 바로 시야. 너는 시인이란다.
내 말이 맞지?"

"아, 예." 루이즈가 대답했다. "하지만 아줌마도 아시겠지만 저는 그냥 되는 대로 시를 써요. 몇 번 들려드린 적도 있잖아요."

아줌마는 약간 실망한 듯했다. "그러면 그렇지." 하고 아줌마가 말했다. "너도 다른 손님들과 별반 다를 것이 없구나. 진실을 알려 줘도 전혀 만족할 줄 모르니 말이야. 내가 없는 사실을 꾸며낸 것으로 생각하고 있는 것 같은데. 나는 눈에 보이는 것만 말해. 그게 내가 할 수 있는 전부야. 그게 마음이 들지 않는다면……."

"아니에요, 저는 좋아요." 루이즈가 아줌마의 말을 막았다. "계속 말씀해 주세요."

"좋아." 델핀 아줌마가 대답했다. "네 손금은 아주 특이해서 읽기가 좀 까다로워. 생명선이 운명선을 가로질러서 여기 도톰한 부분에서 고리 모양을 이룬 다음 연애선을 휙 돌아 올라가 두 손가락 사이로 사라진 걸 보렴. 이런 손금은 생전 처음이야. 하지만 손금을 제대로 볼 줄 아는 사람에게는 의미하는 바가 크지. 넌 앞으로 아주 잘살 게다."

아줌마는 날카로운 눈으로 루이즈를 올려다보면서 물었다. "지금까지 아주 심하게 아팠던 적이 있었니? 한 네 살 때쯤 말이다."

"어, 그때 한번 목 감기를 심하게 앓았어요." 루이즈가 대답했다.

"음." 델핀 아줌마가 심각하게 말했다. "생각했던 대로군. 자, 과

거는 이걸로 끝내고. 이제는 앞으로의 일을 이야기해 볼까." 아줌마는 이마를 찡그리면서 심각한 표정을 지었다.

"앞으로 탄탄대로를 지나 엄청나게 유명해질 운세야. 물론 역경도 많지. 하지만 불굴의 용기와 인내심이 있어서 재능이 뛰어나지 못한 사람이라면 감당해 내지 못할 역경도 모두 이겨내게 될 거야. 아주 행복할 것이고, 여행도 많이 다니겠는걸. 강을 넘고 바다를 건너서 먼 곳까지 여행을 하고, 많은 사람들과도 관계를 맺겠어. 그런데 이건 뭐지?"

아줌마가 고개를 숙이더니 손금을 더 자세히 들여다보았다. "음, 위험이 도사리고 있군." 아줌마가 속삭였다. "키가 크고 피부가 까무잡잡한 남자를 조심해. 검은색 수염을 기르고 있구나. 그가 지금 네게로 다가오고 있어. 문제를 일으킬 위험이 있단다."

아줌마는 의미심장하게 고개를 가로저은 뒤 루이즈의 손을 내려놓더니 다시 의자에 기대어 앉아 뜨개질을 시작했다. "자, 내가 해 줄 말은 다 해 줬다." 하고 아줌마가 말했다.

루이즈는 아줌마에게 진심으로 감사 인사를 드렸다. 하지만 다른 사람들에게는 해 주지 않는 그런 이야기를 아줌마가 해 줬다는 사실을 미처 깨닫지 못했다. 유명한 시인이 된다는 말에 기분이 상당히 좋긴 했지만 루이즈는 아줌마가 그런 식으로 상대방의 기분을 맞춰 준다는 것을 이미 알고 있었다. 아줌마가 정말 그에게 해 주고 싶었던 것은 바로 키가 크고 피부가 까무잡잡한 사람에 관한 이야기였을 것이다. 어쩌면 아줌마가 그 자리에서 꾸며 낸 이야기일지도 모른다. 그러나 어쨌든 루이즈는 검은색의 수염을 기른 남자를 조심하기로 마음먹었다. 위험하다는 것을 뻔히 알면서 모험을 할 필요가 없었다.

한편 서커스단에는 어린 암놈 코끼리가 한 마리 있었는데, 신기하게도 그 코끼리의 이름이 루이즈였다. 그러나 두 루이즈는 사이가 별로 좋지 않았다. 곰 루이즈는 새끼 코끼리가 거만하다고 생각했고, 코끼리는 아기 곰이 거칠고 무섭다고 생각했다. 그래서 이 둘은 항상 텐트를 사이에 두고 서로 반대편에서 놀았다. 이로 인해서 웃지 못할 오해가 빚어지기도 했다. 누군가 둘 중의 하나를 찾아 "루이즈! 루이즈!" 하고 부르면 둘이 동시에 소리가 나는 곳을 향해 달리기 시작해 항상 거의 같은 시간에 도착했다.

이런 일이 여러 번 반복되자 모두들 "둘은 참 사이도 좋아! 한시도 떨어져 있는 걸 못 봤다니까! 난 이런 환상의 콤비는 처음 봐." 라고 놀려댔다.

특히 나이 든 동물들은 심심할 때면 일부러 밖으로 나가 "루이즈!" 하고 큰소리로 부르곤 했다. 그건 정말 그들이 필요해서가 아니라 한 번이라도 서로 동시에 나타나지 않는 때가 있는지를 알아

보기 위해서였다. 그러나 그 둘은 언제나 동시에 나타났고, 그럴 때면 동물들은 서로서로 머리를 맞대고 "어머나, 세상에! 어쩜 이렇게 사이가 좋을까!" 하고 웃곤 했다.

이런 일이 있을 때마다 루이즈는 화가 치솟았다. 화가 나기는 코끼리 루이즈도 마찬가지였다. 하루는 30분 사이에 세 번이나 불려 가게 되자 화가 난 코끼리가 곰에게 "야. 어떻게 돔 해 봐. 덩말 더 이상은 몬 탐겠단 말야!" 하고 말했다.

코끼리는 화가 나면 혀 짧은 소리를 내는 버릇이 있었는데, 아기 곰도 코끼리 흉내를 냈다. "뭐, 더 이상 몬 탐겠다고? 그러면 니가 돔 도은 생각을 해 보지 그래? 나는 뭐 도은 줄 아니? 다른 동물들은 내가 너랑 노는 걸 도아한다고 생각하는데, 너는 나한테 이렇게 건방지게 굴고. 덩말 디겹다!"

곰은 무척 화가 나 있었다. 그러나 아기 코끼리의 두 눈이 그렁그렁해지더니 짧고 뭉뚝한 코를 따라 눈물이 주르륵 흘러내리는 것을 보자 금세 미안해졌다.

"울지 마." 아기 곰이 코끼리를 달랬다. "난 그런 뜻이 아니었어!" 아기 곰은 아기 코끼리의 등을 토닥거려 주었지만 아기 코끼리는 앞발을 내젓더니 더욱 큰 소리로 울기 시작했다.

"야, 울지 마." 아기 곰은 어쩔 줄 몰라했다.

"루이즈, 루이즈, 알았지. 자, 루이즈, 내 말 잘 들어. 만약 네가 울음을 멈추면 내가 멋진 시를 지어 줄게. 어때 좋지? 자, 한번 들어 봐."

그러자 아기 코끼리는 울음을 멈추고 훌쩍거리더니, 큰소리로 울려고 질끈 감았던 눈을 살며시 떴다.

루이즈, 세상에서 가장 사랑스러운 아이
왜 나를 보는 눈이 그렇게 슬픈지 말해 주겠니?
아, 이렇게 사랑스럽고 겸손한 아기 곰인 내가
사랑스럽지도 않은가 봐
무대 위에서 주어진 역할에 맡아

코끼리의 매력을 한껏 뽐낼 때

청중들 앞에서 보이는 너의 묘기는

감동 그 자체

그리고 사뿐사뿐 날렵한 걸음걸이로 춤을 출 때

나는 넋이 빠진 듯 네 얼굴에서 시선을 떼지 못하지

너는 사랑 덩어리……

네 두 눈과 팔랑거리는 사랑스러운 귀

그리고 기품이 넘치는 코. 그렇게 나를 못살게 굴지 마

오, 말해 주겠니, 아름다운 루이즈야

되도록 빨리 너의 대답을 들려줘, 제발.

"저기." 시가 끝나자 코끼리가 입을 열었다. "너 진심이니?"

"아니." 하고 아기 곰이 대답했다. "그건 아니지. 너도 나를 좋아하지 않고 나도 너를 좋아하지 않잖아. 나는 그냥……."

그때 바로 뒤에서 붐슈미트 아저씨의 소리가 들렸다.

"세상에! 요 아기 곰이 시인이었네. 말도 안 돼! 레오야, 그렇지, 얘 시인이지? 아휴, 깜찍해라! 어떻게 그럴 수가 있을까! 처음에는 그저 루이즈라는 이름의 곰이라고만 생각했는데, 토끼처럼 깡충깡충 뛰는 묘기를 보여 주더니 이제는 시인이 되었네. 정말 놀랄 만한 일이야! 레오, 이게 얼마나 놀라운 일인지 이 아기 곰에게

설명을 좀 해 주겠니?"

"그러니까, 붐슈미트 아저씨 말씀은." 하고 레오가 설명을 시작했다. "루이즈라는 이름의 곰보다 시를 짓는 곰이 있다는 사실이 알려지면 더 많은 사람들이 쇼를 보러 올 거라는 말씀이셔. 조심하세요, 붐슈미트 아저씨, 또 모자가 벗겨지겠어요."

레오가 다급한 목소리로 말하자 단장 아저씨는 모자를 머리 앞쪽으로 잡아당겼다.

"그래, 바로 그거야." 붐슈미트 아저씨가 맞장구를 쳤다. "시 말이야! 그게 바로 앞으로 우리가 나아갈 길이야! 모든 포스터를 시로 만들어 공연 때마다 그것을 낭송하는 거야. 델핀 아줌마가 네가 시를 쓴다고 말해 주었지만, 나는 그저 그런 시일 거라고 생각했거든. 정말 이렇게 훌륭한 시를 쓸 줄은 꿈에도 생각하지 못했단다. 그런데 레오, 왜 아무 말도 안 하는 거니? 너는 흥분되지도 않니? 이젠 어떤 것에도 흥분을 느끼지 못하게 된 거야?"

"아뇨, 저도 물론 흥분되요." 레오가 말했다. "하지만 이 아기 코끼리가 왜 울고 있는지 궁금해서요. 자, 루이즈, 이리 와 봐." 레오가 달래듯 말했다.

"루이드 때문이에요." 하고 아기 코끼리가 흐느꼈다. "쟤 때문에 우는 거라고요! 정말 루이드는 미워! 나는 루이드라는 이름이 싫어요! 이런 형편없는 곰이랑 이름이 같다는 걸 탐을 수가 없어요!

아기곰 프레지날드

난……."

"그 말이 맞아요." 아기 곰이 끼여들었다. "우리는 이름이 같은 게 싫어요."

곰 루이즈에게 자초지종을 들은 아저씨가 입을 열었다..

"그랬구나. 나도 그 문제에 대해서 뭐라고 말해야 할지 모르겠다. 레오, 뭐 좋은 생각이 있니?"

"제 생각에는 이름을 바꾸어야 할 것 같은데요." 하고 레오가 말했다.

"난 내 이름 바꾸기 싫어요." 아기 코끼리가 울부짖었다. "난 내 이름이 좋아요. 다만 누가 내 이름이랑 똑같은 이름을 가지고 있다는 게 싫은 거예요."

붐슈미트 아저씨는 고개를 가로저었다. "더기 그러니까……." 그 순간 자신이 혀 짧은 소리를 하고 있다는 것을 깨달은 아저씨는 하던 말을 잠시 멈추었다가 다시 말을 이었다. "더기 그러니까 머냐면……." 이번에도 아저씨는 말을 멈추었다. "에이 데길!" 아저씨가 화를 냈다. "레오, 네가 대신 말해 뒤! 이 코끼리 얘기를 듣고 있다 보니까 덩말 내 혀도 짧아던 거 같아!"

"네, 걱덩마세요." 라고 레오가 대답했다. 그러나 자신도 혀 짧은 소리를 하고 있다는 것을 깨달은 레오는 입을 굳게 다물고 두 눈을 크게 뜬 채 잠시 먼 곳을 응시했다. 그런 다음 천천히 이야기를 시작했는데, 일부러 'ㅅ'과 'ㅈ'을 더 강하게 발음했다. "어떻게 할지 결정을 내리실 때까지 이 코끼리를 다른 데로 보내쩨요. 만약 혀 짧은 소리를 고치지 못한다면 우리는 대화를 나눌 쑤가 없을 거예요."

붐 아저씨는 고개를 끄덕이고는 코끼리의 등을 토닥거리며 달랬다.

"그럼 이제 저기 가서 놀아라. 나중에 또 부를 테니⋯⋯. 해결책을 찾아보자."

아기 코끼리가 여전히 훌쩍이면서 자리를 뜨자 레오가 한숨을 내쉬며 말했다.

"아휴, 이제야 살겠네. 안 그랬다간 또 혀 짧은 소리가 나올 뻔했어요. 그런데 이름을 어떻게 하죠? 이번 기회에 아기 곰의 이름을 아주 바꿔 버리는 건 어때요?"

붐슈미트 아저씨는 이해되지 않는다는 듯이 레오를 바라보았다.

"세상에, 레오." 아저씨가 말했다. "쟤 이름 때문에 사람들이 쇼를 보려고 몰려드는 거라고. 루이즈라는 이름의 곰이 신기해서. 그게 바로 사람들의 관심을 끈다니까."

"맞는 말씀이에요, 단장님." 하고 레오가 맞장구를 쳤다. "하지만 시를 쓰는 곰이 있다면 그 이름이 꼭 루이즈가 아니라고 해도 사람들은 몰려올 거예요. 이름이 뭐 그렇게 중요한가요, 안 그래

아기곰 프레지날드

요?"

"아이고 머리야, 나도 잘 모르겠다. 그래, 레오 이름이 그렇게 중요할까?"

"제 사고방식에 의하면 이름이란 그저 글자를 나열해 놓은 것에 불과해요."

"네 사고방식이라는 건 아주 편하구나. 그렇다면 글자를 바꾸기만 하면 되는 아주 간단한 문제로군. 그래, 아기 곰아, 너는 어떤 이름이 좋으니?"

"저요? 저는 상관없어요. 우리 엄마는 내 이름을 레지날드라고 하고 싶어하셨고, 아빠는 프레드라고 짓고 싶으셨대요. 증조 할아버지가 정해 준 대로 따르겠다고 약속만 하지 않았다면 말예요. 그런데 내가 이름을 바꾼 것을 증조 할아버지가 알게 된다면 별로 좋아하지 않으실 거예요."

"글쎄, 내 생각에는 별로 기분 나빠하실 것 같지 않은데." 붐슈미트 아저씨가 말했다. "네가 이름은 글자를 나열해 놓은 것에 불과하다는 것을 잘 설명해 드린다면 말이야. 그렇게 생각하지 않니, 레오?"

"물론이죠." 레오가 아저씨 편을 들었다. "네 엄마가 생각했던 이름과 네 아빠가 생각했던 이름을 합쳐서 프레지날드라고 부르는 것은 어떻겠니? 그러면 엄마 아빠 모두 만족해하실 거야."

"어, 그거 좋은 생각인데." 붐슈미트 아저씨도 찬성했다. "아주 기발한 생각이야! 더 이상 고민하지 않아도 될 것 같은데! 어때 루이즈, 마음에 드니? 프레지날드라고 불러도 좋을까?"

그렇게 해서 루이즈는 프레지날드가 되었다.

"자, 그럼 이제부터." 하고 붐슈미트 아저씨가 입을 열었다. "조금 전에 말했던 시에 관한 사업을 시작하자."

3. 친구가 된 프레지날드와 루이즈

　프레지날드라는 새 이름이 매우 마음에 든 아기 곰은 그 뒤로 무척 바쁜 나날을 보냈다. 가장 먼저 한 일은 입장료를 내고 자신을 보러 오는 사람들을 위해 시를 짓는 것이었다. 텐트에 붙이는 간판에 넣을 시를 쓰기도 했으며, 마을 사람들에게 나누어주기 위한 전단지에 넣을 시도 썼다. 그게 전부가 아니었다. 다른 동물들이 찾아와서 자신들에 관한 시를 지어 주거나 그들을 대신해서 시를 써 달라고 부탁했다. 심지어는 머리 나쁘고 교만하기로 소문난 타조 오스카도 지금까지 뻣뻣하던 태도를 버리고 저 멀리 아프리카에 살고 있는 나이 드신 어머니께 보낼 카드에 적을 만한 시를 지

어 달라고 부탁해 왔다.

　매우 바빴지만 프레지날드는 즐거운 마음으로 일을 했다. 시를 짓는 것 자체도 즐거웠지만 붐슈미트 아저씨가 너무 좋았기 때문에 서커스단이 성공하는 데 자신이 도움이 된다는 사실이 더욱 기뻤다. 그리고 마침내 성공은 현실이 되었다.

　공연이 열릴 때마다 대형 텐트는 입구까지 사람들로 꽉 찼다. 붐슈미트 아저씨가 토끼처럼 깡충깡충 무대로 뛰어나온 프레지날드를 젊은 시인이 곰으로 변장했다고 소개하면, 사람들의 박수 소리가 터져 나왔다. 공연이 끝난 뒤에도 많은 사람들이 한 장에 10센트씩 하는 프레지날드의 사진을 사 갔다. 얼마 뒤에는 프레지날드의 시 가운데 우수작만을 모아서 작은 책을 만들기도 했다. 표지에 프레지날드 사진이 실린 이 책은 불티나게 팔려 나갔다. 심지어 책을 사기 위해 보스턴에서 달려오는 사람도 있었다.

지금까지와는 비교할 수 없을 정도로 많은 돈을 번 붐슈미트 아저씨는 신이 나서 하루 종일 흥얼거렸다. 타고난 목소리는 별로 좋지 않았지만 행복에 겨워 부르는 노래였기 때문에 듣기가 나쁘지는 않았다. 항상 붐슈미트 아저씨의 마차 지붕에서 웅크리고 잠을 자는 발디라는 독수리의 표현에 따르면, 붐슈미트 아저씨의 코고는 소리까지 행복하게 들린다고 했다. 그러나 그건 발디가 잘못 생각한 것인지 모른다. 왜냐하면 소리만 가지고는 붐슈미트 아저씨가 깨어서 노래를 부르고 있는지 아니면 잠을 자면서 코를 골고 있는지 구별하기가 어려웠기 때문이다. 하지만 아저씨가 그만큼 행복하다는 사실에는 의심의 여지가 없었다.

아저씨의 어머니는 쉐넥타디에 살고 계셨는데, 이제 아저씨는 나이 많으신 어머니께 매주 넉넉한 용돈을 보내드릴 수 있게 되었다. 최근 몇 년 동안 서커스단의 경영이 어려웠기 때문에 아저씨는 생활비만 겨우 보내드렸을 뿐 어머니가 좋아하시는 박하사탕을 사거나 영화를 볼 수 있을 만큼 용돈을 넉넉히 드리지 못했었다. 그러나 이제는 생활비를 넉넉하게 보내드리게 되었으므로 아저씨의 어머니는 마음만 먹으면 언제든지 영화관을 찾을 수 있게 되었다.

그런데 여기에도 문제가 있었다. 아저씨의 어머니는 마음이 매우 따뜻한 분이어서 용돈이 생기면 자신을 위해 쓰기보다는 뜨개질 실을 사서 붐슈미트 아저씨를 위한 멋진 조끼를 떴다. 할머니의 뜨개질 솜씨는 아주 훌륭했다. 그런데 붐슈미트 아저씨의 옷장에는 그동안 할머니가 떠 준 조끼가 스물일곱 벌이나 그대로 걸려있었다. 그뿐만이 아니었다. 할머니 역시 다른 엄마들처럼 자식이 커 간다는 사실을 깨닫지 못하고 계신 듯, 보내 주는 조끼마다 아저씨가 열다섯 살 때 받은 것과 크기가 똑같았다. 그렇기 때문에 붐슈미트 아저씨는 할머니가 만들어 주신 조끼를 하나도 입을 수가 없었다.

어느 날 아저씨가 프레지날드에게 푸념을 늘어놓았다.

"세상에, 프레지날드야. 이 옷들을 다 어떻게 하면 좋겠니. 나는 나대로 정말 어머니를 행복하게 해 드리고 싶은데, 어머니는 늘 내 걱정만 하시는구나. 내가 돈을 보내드려도 통 안 쓰시고는 이렇게 내가 입을 수 없는 옷을 만들어 보내신단다. 둘 다 서로를 생각하는 마음은 참 좋은데 말야. 자, 너는 똑똑한 곰돌이니까 좋은 방법 좀 생각해 낼 수 있지 않겠니?"

"그럼 조끼가 충분히 많다고 말씀드리면 안 될까요?" 프레지날드가 물었다.

아기곰 프레지날드

"미안하지만, 그건 아니야." 붐슈미트 아저씨가 대답했다. "그래 봤자 소용 없어. 그러면 어머니는 분명 스웨터를 떠서 보내 주실 거야."

"그렇다면, 다음에 조끼가 오면 그걸 돌려보내면서 겨드랑이가 너무 꽉 낀다고 말씀드려 보시는 건 어때요? 그러면 실을 풀어서 조끼를 다시 뜨시겠죠. 그리고 다시 또 돌려보내면서 이번에는 너무 크다고 하세요. 계속 그런 식으로 하면 될 것 같은데요."

"어머니가 똑같은 일을 반복하게 만드는 것은 너무 심한 것 같아." 아저씨가 곤란한 표정을 지었다.

"단장님, 어쨌거나 할머니는 계속 뜨개질을 하게 되잖아요." 프레지날드가 단장을 설득하기 시작했다. "또 제대로 된 조끼가 탄생하기 전까지는 필요 없는 실을 사지 않아도 될 거고요."

"아, 바로 그거야! 그렇게 생각하니 참 기막힌 생각인데!" 붐슈미트 아저씨는 모자를 뒤로 밀어내면서 감탄했다. "그래, 네가 해낼 줄 알았어. 알았다, 내일 당장 어머니께 편지를 보내드려야겠어. 겨드랑이가 너무 낀다고 하라고 그랬지?" 아저씨는 서둘러 자리를 떴다.

서커스 단원들이 모두 행복해했지만, 프레지날드는 한 가지 마음에 걸리는 것이 있었다. 그것은 바로 루이즈가 자신을 피하고 있었기 때문이다. 프레지날드에게 시를 선물 받은 뒤로 루이즈는 잔뜩 화가 나 있었는데, 시의 내용이 아무리 사실이 아니라고 말해도 루이즈는 좀처럼 화를 풀려고 하지 않았다. 물론 그도 루이즈가 특별히 좋았던 것은 아니었지만, 그녀가 자신에게 화가 나 있다는 사실이 마음에 걸려 최대한 그녀에게 친절하게 대하려고 했다. 그러나 그가 친절하게 대하면 대할수록 루이즈는 더 쌀쌀맞게 굴었다.

어느 한가한 일요일 오후, 프레지날드는 맛있는 점심을 챙겨 산책도 할 겸 텐트 뒤편의 언덕 사이로 난 좁은 풀 길을 따라 걸어 올라갔다. 햇볕은 무척 따가웠고, 주변은 마치 쥐 죽은 듯 매우 조용했다. 다른 동물들은 저마다 시원한 곳을 찾아 낮잠을 즐기고 있었다. 약 800m 정도를 걸어가던 프레지날드도 너무 졸려서 고개를 들 수가 없었다. 결국 그는 나무 밑에 쓰러져 자기도 모르게 잠이 들었다.

얼마의 시간이 흘렀을까. 그리 멀지 않은 곳에서 들려오는 고함 소리에 프레지날드는 잠에서 깨어났다. 자리에서 벌떡 일어나 앉은 그는 앞발로 코를 때려서 잠을 쫓은 다음, 목소리가 새어 나오는 헛간을 향해 살금살금 다가갔다. 루이즈의 목소리도 섞여 있는 것 같았다.

"오래돼서 악취가 나는 네 건초를 만지지 않았다고 했잖아." 루

"당장 여기서 나가게 해 줘. 안 그러면 붐슈미트 아저씨한테 다 이를 테야."

친구가 된 프레지날드와 루이즈

이즈가 말했다. "당장 여기서 나가게 해 줘. 안 그러면 붐슈미트 아저씨한테 다 이를 테야."

"아휴, 요 귀여운 것!" 하고 다른 목소리가 말했다. 알아들을 수 없을 만큼 아주 작은 소리였지만 무언가를 잔뜩 벼르고 있는 것 같았다. "그래, 아저씨한테는 어떻게 말할 건데, 응? 여기서 나가지 못하게 하면 네가 어떻게 이를 거냐고."

헛간 근처까지 다가간 프레지날드는 마침내 어떤 상황이 벌어지고 있는지 알 수 있었다. 헛간 문은 활짝 열려 있었고, 아주 작은 생쥐가 문 앞에 떡 버티고 서 있었다. 사실 코끼리들은 호랑이가 나타나도 눈 하나 깜짝하지 않지만 생쥐만큼은 유난히 무서워했다. 만약 그 이유를 물으면, 코끼리들은 키득거리면서 생쥐가 코를 타고 올라가서 간지럼을 태워 재채기를 하게 될까 봐 그런다고 대답할 것이다. 물론 대담하게 그런 일을 저지를 생쥐는 한 마리도 없을 테지만. 그러나 코끼리들은 결코 모험을 하려고 하지 않는다. 단순히 그런 상황을 상상만 해도 수많은 코끼리들이 한참 동안 재채기를 하게 될 것이다.

"얘들아, 무슨 일이니?"

프레지날드는 최대한 낮고 굵은 목소리를 내면서 생쥐 앞에 나섰다. 그러나 생쥐는 프레지날드의 등장에도 꿈쩍하지 않았다.

"너, 괜히 겁주지 마!" 생쥐가 앙칼진 목소리로 찍찍거렸다. 이

아기곰 프레지날드

말에 프레지날드가 앞발을 쭉 내밀어 생쥐 꼬리를 밟자, 화가 난 생쥐는 허우적거리며 계속 소리를 질렀다.

"그냥 날 내버려둬! 나는 저 예쁘지도 않은 코끼리한테 아무 짓도 안 했단 말야. 너희 동물들은 서커스 단원이라는 이유만으로 마치 온 세상이 다 너희들 건 줄 아나 본데. 뭐 다른 동물들은 여기에 살지 말라는 법이라도 있나?"

"이제 그만 조용히 하지." 프레지날드가 좋은 말로 타일렀다. "자, 루이즈, 이리 나와. 괜찮으니까 걱정하지 말고."

루이즈는 생쥐에게서 최대한 멀리 떨어지려고 애를 쓰면서 천천히 걸어나왔다. 아기 코끼리는 흐느끼고 있었는데, 커다란 눈물이 코를 따라 흘러내리고 있었다.

"이런, 루이즈." 프레지날드가 말했다. "그만 울어. 울보 같잖니."

"어, 너 덩말 그러기야?" 루이즈는 이번에도 혀 짧은 소리를 냈다. "나는 그냥 더 안이 티원해서 낮담을 다려고 했던 것뿐이라고."

"나, 참." 생쥐는 루이즈가 겁먹은 것을 보자 조금 미안한 마음이 들었다. "내 힘으로는 너를 괴롭힐 수 없어. 하지만 네가 먼저 나한테 무섭게 했잖아. 건초 더미에서 낮잠을 자고 있다가 하마터면 네 발에 밟혀 죽을 뻔했다고. 그러니까 내가 화가 안 나겠니.

너희 서커스단 동물들은 묘기 좀 부린다고 자신들이 꽤나 똑똑하다고 생각하나 본데, 이거 왜 이래? 나도 재주 부릴 줄 안다고. 꼭 너희들만 여기저기 다니면서 많은 사람들 앞에서 공연을 하고 가게 창문에 사진을 붙여 놓으란 법 있니?"

그러자 프레지날드는 그때까지 생쥐 꼬리를 밟고 있던 앞발을 들면서 물었다. "그래? 너는 어떤 재주가 있는데?"

아주 멋지게 다이빙을 할 수 있다고 자랑한 생쥐는 헛간 반대편에 설치되어 있는 물받이 쪽으로 코끼리와 곰을 이끌었다. 그리고는 몸을 90도 구부리더니 마치 제비가 다이빙을 하듯이 몸을 구부렸다 폈다 하면서 온갖 재주를 부렸다. 그러는 바람에 생쥐를 무서워하던 루이즈까지 넋을 잃고 구경을 했다.

"와, 정말 멋지다." 루이즈가 감탄을 했다.

"그것 봐. 내가 얼마나 잘하는지 이제 알겠지?" 생쥐는 의기양양한 표정을 지으며 이렇게 말했다. 그러더니 물받이 가장자리에 자리를 잡고 앉아 수염에 묻은 물을 털어 냈다. "그런데 내가 왜 여기 이렇게 있어야 하니? 혹시 너희 붐슈미트 아저씨가 나한테 일자리를 하나 주시지 않을까?"

"그럼 우리 가서 알아보자." 프레지날드가 제안했다.

그리하여 그들은 단원들이 있는 곳으로 내려왔다. 그러나 붐슈미트 아저씨께서 낮잠을 주무시고 있었기 때문에 한참을 기다려야

했다. 아저씨는 흰색과 붉은색이 섞인 체크 무늬 수건으로 얼굴을 덮고 마차 옆 그늘에 놓여 있는 의자에 앉아 잠이 들어 있었다.

잠시 후 잠에서 깨어난 아저씨는 유스타스라는 이름의 생쥐가 커다란 물통 안으로 다이빙하는 모습을 보고는 기쁜 나머지 그 자리에서 생쥐에게 서커스단에 들어올 것을 제안했다.

"그런데 너는 너무 작아서 커다란 서커스장에서는 네 능력을 뽐낼 수 없을 거야." 하고 아저씨가 말했다. "하지만 지금 우리에겐 별도의 쇼가 필요한 상황이니까. '다이빙하는 생쥐 유스타스'라고 광고를 하자. 입장료는 10센트를 받는 거야. 아마 많은 사람들이 모여들겠지. 안 그래, 프레지날드? 세상에, 다이빙하는 생쥐라니! 누가 그런 걸 생각이나 했겠어! 자, 프레지날드, 그럼 유스타스가 지낼 만한 곳이 준비될 때까지 네가 좀 보살펴 주렴. 그리고 루이즈, 너는 다른 코끼리들에게 가서 유스타스에 대해 설명을 하고,

아주 착한 아이니까 절대로 피해를 주지 않을 거라고 말해 줘. 그렇지, 유스타스? 난 네가 코끼리들을 절대로 못살게 굴지 않을 거라고 믿는단다."

"그럼요, 당연하죠. 절대 걱정하지 않아도 된다고 말해." 유스타스가 거드름을 피우며 말했다.

그날 밤, 프레지날드는 자신의 마차 한 구석에 유스타스를 재워 주었다. 다음 날이 되자 목수가 유스타스를 위해 작은 집을 지었다. 이층에는 침실이 있고, 아래층에는 거실이 있는 이층 구조로, 유스타스가 오르내릴 수 있도록 작은 계단도 있었다. 온통 빨간색으로 칠해진 앞문에는 유스타스의 이름이 적혀 있었다. 작업을 끝낸 목수는 유스타스의 집을 프레지날드의 마차 앞부분에 단단히 매어 놓았다.

유스타스의 집은 마치 인형의 집 같아서 어린 동물들은 모두 거기서 놀고 싶어했다. 특히 집 안이 궁금한 동물들이 쉴 새 없이 창문 안을 들여다보거나 문을 열어 보는 바람에 유스타스는 늘 화가 나 있었다. 그 때문에 창문으로 가서 눈을 크게 뜬 채 "빨리 꺼져! 제발 좀 날 가만히 내버려두란 말야! 도대체 나는 사생활도 없니?" 하고 고함을 지르는 일이 잦았다. 그래도 동물들이 여전히 집 앞에 몰려 있으면 그는 집 앞까지 나가서 그들을 쫓아 버렸다.

그러면 유스타스가 화가 나면 거칠어진다는 것을 잘 알고 있던 동물들은 걸음아 나 살려라 하고 도망치기 바빴다. 조그마한 생쥐가 덩치가 커다란 호랑이를 잡으러 서커스 마당 여기저기를 뛰어다니는 모습은 굉장히 웃겼다.

유스타스의 다이빙 연기는 대단한 성공을 거두었고, 결국 그는 서커스단의 고정 출연자가 되었다. 그러나 성격이 하도 변덕스러워서 붐슈미트 아저씨도 그를 다루기가 쉽지 않았다. 그것은 유스타스가 오랫동안 혼자 생활해 온 탓이었다. 그는 여러 동물들과 함께 생활하는 것에 익숙하지 않았다. 그렇지만 유독 루이즈와 프레지날드와는 사이가 좋았다. 생쥐는 그들을 좋아했고, 자신에게 서커스단에 들어올 기회를 마련해 준 것을 고맙게 생각했다.

루이즈와 프레지날드 역시 생쥐를 좋아했다. 가끔 생쥐가 싸움을 걸어오는 일도 있었지만, 그럴 때마다 루이즈와 프레지날드는 생쥐를 놀리거나 싸우는 대신 자리를 피해 주어 생쥐가 혼자 있게 해 주었다. 그러면 잠시 후 생쥐가 찾아와 시비를 걸었던 것을 사과하곤 했다.

프레지날드와 루이즈도 사이가 좋아졌다. 루이즈는 유스타스 때문에 궁지에 몰렸을 때 프레지날드가 자신을 도와준 것을 고맙게 생각하고 있었다. 또 그 뒤로는 울보에서 벗어나 철이 든 것처럼 행동하려고 노력하고 있었다.

그러나 어렸을 때부터 코끼리들은 다른 동물들보다 더 똑똑하다고 배워 온 탓에 도도한 태도는 여전했다. 비록 그것이 사실이기는 했지만, 루이즈는 똑똑하다는 사실 그 자체로 충분하며, 일부러 돌아다니면서 다른 사람들에게 그것을 과시할 필요는 없다는 사실까지는 깨닫지 못하고 있었다. 그래도 프레지날드 앞에서는 조금도 도도하게 굴지 않았으며, 울 때를 제외하고는 항상 명랑하고, 특히 게임을 아주 잘했다. 이렇게 프레지날드와 루이즈는 친구가 되었다.

아기곰 프레지날드

4. 따뜻한 남쪽에서 겨울을 난 서커스단

점점 해가 짧아지고 날씨도 쌀쌀해지더니 마침내 여름이 가고 가을이 되었다. 서커스단도 한 마을에서 한두 차례 공연을 하는 것이 고작이었다. 공연이 끝나면 다시 짐을 꾸렸고, 밤이 되면 그들은 삐걱삐걱 소리를 내며 마차를 몰아 남쪽으로 향했다. 언덕을 오르고 골짜기를 내려간 마차들은 잠들어 있는 마을을 지나 한적한 농가 옆을 통과했다. 창문 너머로 마차의 굴대에서 흔들리는 기다란 호롱불의 행렬을 본 농부들은 "붐슈미트 씨의 서커스단이 겨울을 나려고 남쪽으로 가고 있군. 이제 진짜 가을이 왔어." 하고 중얼거렸다. 그리고는 두툼한 이불을 꺼내 침대 위에 펴고는 몸을 떨면서 이불 속으로 들어갔다.

프레지날드는 이런 장거리 야간 여행을 좋아했다. 초롱초롱한 별들이 펼쳐진 시골 풍경은 매우 넓고 신비로웠다. 마차 행렬이 통과하는 숲 속은 울창하고 칠흑처럼 어두웠지만, 그런 모습이 오히려 다정하게 느껴졌다. 가끔은 마차에서 나와 자신의 마차를 끌고 있는 노쇠한 백마인 후버 아저씨와 나란히 걸으면서 선선한 밤공기를 가르며 그들의 코를 자극하는 냄새에 대해 이야기를 나누기도 했다. 그곳을 이미 여러 차례 다녀간 경험이 있는 후버 아저씨는 무슨 냄새인지 다 알아맞혔다. 그다지 말이 많은 편은 아니었지만 가끔씩 킁킁거리며 "음, 올해는 요나스 펜더비가 화덕에 불을 일찍 지폈네."라고 하거나, "오늘은 위펜 아줌마가 빵을 굽나 보군. 애플 파이 냄새가 나는데."라고 말하곤 했다.

프레지날드는 때로 마부인 빌 옹크스 옆자리에 앉아 가기도 했는데, 유스타스까지 마차로 올라와 마부석에 자리를 잡고 앉으면 빌 아저씨는 옛날 이야기를 들려주었다. 빌 아저씨 역시 나이가 지긋한 노인으로, 붐슈미트 아저씨 서커스단의 광대였다. 믿어지지 않겠지만 서커스단에 아저씨처럼 재미있는 광대는 없었다고 한다. 그러나 아저씨는 성격이 침울한 데다 기운도 없었기 때문에 이야기의 결말은 항상 비극적이었다. 영웅은 항상 다리 위에서 떨어지거나 증기 롤러에 깔리는 등 비참한 최후를 맞았다. 심지어

신데렐라 이야기를 들려줄 때도 내용을 바꿔서 불행한 결말을 맞게 했다. 어쩌다가 이야기의 끝에 다다랐지만 특별히 할 말이 없을 때에도, "그래서 그들은 결혼을 했고 오래오래 행복하게 살았대."라고 말하는 대신, "그래서 그들은 결혼을 했고, 너희가 생각하는 것보다는 더 오래 행복하게 살았대."라고 했다.

하루는 프레지날드가 빌 아저씨께 왜 그렇게 우울하냐고 물었다.

"그건 말야." 하고 아저씨가 그 이유를 설명해 주었다. "나는 어렸을 때 벌목꾼으로 일했었는데, 그땐 아무 생각 없이 하루하루가 즐겁기만 했단다. 하지만 광대가 되어서도 늘 행복하게 지낼 수 있는 사람은 이 세상 어디에도 없단다. 그런데 왜 이렇게 우울하게 되었냐고? 이유는 아주 간단해. 똑같은 농담을 한 해도 거르지 않고 하루에 두 번씩 일 년 내내 하고도 싫증나지 않는 사람은 없을 테니까 말이야. 농담을 처음 할 때는 아주 재미있지. 하지만 똑같은 농담을 수없이 해 보렴. 아마 울고 싶어질걸. 나도 그 이유는 모르지만, 하여튼 그래. 그런데 너 왜 광대들이 얼굴에 칠을 하고 가짜 코를 붙이는지 아니? 웃기게 보이려고? 아니, 그건 광대들의 슬픈 표정을 관객들에게 들키지 않기 위해서야."

그렇게 서커스단은 겨울에 한 발 앞서 남쪽을 향해 떠났고, 어느새 플로리다에 도착했다. 그곳에서 그들은 북쪽에서 했던 것처럼 이곳저곳을 찾아다니며 공연을 했지만 예전만큼 많은 공연을 하지는 않았다. 때로는 한곳에 일주일이나 보름 동안 머물면서 공연을 하지 않은 채 캠프에서 쉬거나 연습을 하기도 했다.

하지만 프레지날드는 플로리다가 별로 마음에 들지 않았다. 그곳은 지루할 만큼 편편하고 재미없는 고장이었다. 그가 말한 대로 한 야자나무에 오르기만 하면 나머지 야자나무는 모두 올라간 것이나 다름이 없었다. 게다가 너무 졸렸다. 다른 곰들처럼 그는 겨울이면 눈이 많이 쌓인 아늑하고 따뜻한 동굴에서 겨울잠을 자야 했다. 지난번에 겨울잠을 잔 뒤로 몇 개월 동안을 거의 뜬눈으로 지냈지만 2월이 되자 그는 더 이상 눈을 뜨고 있을 수가 없었다.

결국 그는 "4월 1일까지 저를 방해하지 마세요."라는 글을 마차에 붙여 놓고 문을 걸어 잠근 뒤 앞발로 양쪽 귀를 막고 잠이 들었다.

긴 잠에서 깨어난 프레지날드는 마차가 움직이고 있다는 것을 깨달았다. 그는 자리에서 일어나 창문을 통해 밖을 내다보았다. 끝없는 소나무들이 줄을 서서 마치 행진을 하듯 그의 옆을 스쳐 지나가고 있었다.

"도대체 여기가 어디지? 아, 배고파!"

문을 열고 마차에서 뛰어내린 프레지날드는 앞으로 갔다.

"어?" 빌 옹크스 아저씨가 말했다. "이게 누구야! 프레지날드야, 그동안 잘 잤니?" 하고 물었다.

"그런데 여기가 어디예요?" 프레지날드가 아저씨께 물었다. "오늘이 며칠이죠?"

"4월 17일이란다. 우리는 지금 북쪽으로 가고 있어."

"제가 너무 오랫동안 잤나 봐요."

"예상보다 보름은 더 잤지." 빌 아저씨가 대답했다. "하지만 2월까지는 거의 한잠도 못 잤잖아. 저 앞으로 가 보렴. 붐슈미트 단장이 너를 보고 싶어할걸."

프레지날드는 쿵쿵거리며 마차 행렬을 따라 달렸다. 그를 발견한 동물들이 손을 흔들며 큰 소리로 말을 걸었지만, 그는 샌드위

치를 먹기 위해 식당 마차 옆에 딱 한 번 멈추어 선 것을 제외하고
는 계속 앞쪽을 향해 달렸다. 붐슈미트 아저씨는 로즈 양과 함께
묘기를 부리는 로드와 덱스터라는 말을 타고 나란히 걸어가고 있
었다. 로즈 양은 아주 날씬해 보였는데, 푸른색 셔츠와 황갈색의
승마용 바지를 받쳐 입고 반짝반짝 빛나는 구두에 모자도 없이 굽
실거리는 금발을 늘어뜨린 모습이 매우 아름다웠다. 비단 모자를
쓰고 붉은색과 노란색과 파란색이 섞인 체크무늬 새 옷을 입은 붐
슈미트 아저씨도 매우 근사해 보였다. 어디를 가도 사람들의 시선
을 한몸에 받고도 남을 모습이었다.

프레지날드를 본 그들은 말을 세웠다. 붐슈미트 아저씨는 말에
서 내려와 프레지날드에게 악수를 청했다.

"그래, 그래, 귀여운 아기 곰 같으니! 세상에 무슨 잠을 그렇게
오래 자니, 응? 하지만 아주 건강해 보이는구나. 그렇지 않아요,
로즈? 참, 내 새 옷이 어떠니?" 그러더니 아저씨는 프레지날드가
잘 볼 수 있도록 천천히 한 바퀴를 돌았다.

"네, 제 맘에 쏙 들어요." 프레지날드는 예의바르게 대답했다.
"정말 예뻐요."

"예쁘다고?" 붐슈미트 아저씨가 말했다. "네 말은 너무 현란하
다는 거겠지. 하지만 나는 체크 무늬를 꽤나 좋아하지. 옛날부터
주욱 그랬어. 너도 알다시피 우리 어머니가 스코틀랜드 사람 아니

아기곰 프레지날드

니. 좀 현란하다고 해서 뭐 나쁠 거 있니?" 그러면서 아저씨는 다
시 말 등에 올라탔다.

"그런 그렇고, 너한테 하려던 말은 그게 아니었는데. 내 옆에 앉
아 가거라. 네가 유스타스를 데려온 뒤로 묘기를 부릴 줄 아는 동
물들이 더 있지 않을까 하는 생각이 늘 내 머리를 떠나지 않았어.
물론 우리에게는 광대나 그네 곡예사, 뱀을 부리는 사람, 여기에
있는 로즈 양 그리고 다른 재주꾼들이 아주 많긴 하지만, 그래도
변하지 않는 것은 우리 서커스단이 동물 서커스단이라는 점이야.
나는 지금까지 다른 어떤 서커스단보다 많은 동물 공연을 해 왔단
다. 하지만 문제는 유스타스와 네 공연을 제외한 나머지 공연들은
모두 평범한 동물 공연에 불과하다는 점이지. 훈련받은 사자와
말, 물개 그리고 코끼리는 다른 서커스단에도 다 있거든. 나는 뭔
가 색다른 걸 원해. 잘 찾아보면 아무도 모르는 재주를 가진 동물
들이 아주 많을 거야. 하지만 어떻게 내가 그걸 찾아낼 수 있겠니?
어떻게 하면……."

아저씨가 갑자기 말을 멈추었다. 그때 그들은 숲을 빠져나오고
있었는데, 왼쪽에 있는 언덕에서 양떼가 매에 하고 울면서 정신
없이 달려오는 모습이 눈에 띈 것이다. 그리고 그 뒤를 사자 한 마
리가 신이 나서 쫓아오고 있었다.

"저런 빌어먹을 사자 같으니라고!" 붐슈미트 아저씨가 소리를

질렀다. "또 저런다니까." 아저씨는 신경질적으로 휘파람을 불었다. 그러자 막 입을 벌리고 으르렁거리려던 레오는 재빨리 주위를 살핀 다음 발길을 돌려 자신은 아무것도 모른다는 듯한 표정을 지으며 그들을 향해 어슬렁거리며 걸어왔다.

"이번에는 그냥 넘어가지 마세요." 붐슈미트 아저씨의 말이 주인을 돌아보며 말했다.

"로드야, 나에게 맡겨." 아저씨가 대답했다. "어쨌든 레오는 우리한테 현장을 들킨 거야, 안 그러냐?"

"안녕하세요, 단장님." 레오가 인사를 했다. "어, 프레지날드도 나왔네! 이제 슬슬 여름이 시작되려나 봐!"

"괜히 프레지날드한테 관심 있는 척하지 마." 붐슈미트 아저씨가 말했다. "네 행동에 대해 변명을 하고 싶다면 어디 한번 해 봐라. 내가 이미 여러 차례 너에게 경고했을 텐데……."

"죄송해요, 단장님." 레오가 아저씨의 말을 막았다. "제가 양 뒤를 쫓아다니는 것을 아저씨가 싫어하신다는 거 저도 알아요. 물론 아저씨가 옳지요. 하지만 저도 왜 맨날 이 모양인지 모르겠어요. 아마도 제 안에 사자의 피가 흐르고 있기 때문인 것 같아요. 그리고 양들은 정말 너무 멍청해 보이거든요. 하지만 솔직히 말해서 이번에는 저를 혼내시면 안 되실걸요. 재네들이 무슨 짓을 했는지 아세요? 저놈들 중에 한 명이 저한테 으르렁거렸다니까요. 그리고 나머지 놈들은 모두 저를 비웃었고요."

"너한테 으르렁거렸다고? 쳇! 핑계도 멋지군."

로드가 참견하자 붐슈미트 아저씨가 로드를 나무랐다.

"로드, 넌 조용히 해라. 이 일은 나한테 맡기고."

말이 코방귀를 뀌면서 심하게 어깨를 썰룩거리는 바람에 붐슈미트 아저씨가 쓰고 있던 모자가 내려와 두 눈을 가렸다. 아저씨가 모자를 밀어올리며 말했다.

"으르렁거렸다고? 좋아, 좋아, 곧 밝혀지겠지." 그런 다음 아저씨는 양떼를 향해 말을 몰았다. 동물들은 아저씨가 언덕을 가로질러 달려가는 모습을 지켜보았다. 양떼의 우두머리이자 붐슈미트 아저씨를 잘 알고 있던 나이 지긋한 숫양이 아저씨를 맞으러 나왔다. 잠시 이야기를 나눈 뒤, 숫양은 머리를 뒤로 젖히고는 배에서 나오는 우렁찬 목소리로 크게 소리를 질렀다. 그 소리는 레오의 울음소리와 너무도 비슷해서 분간할 수 없을 정도였다. 그러자 그곳에 있던 양들이 일제히 음매 하고 웃음을 터뜨렸고, 그 바람에 멀리 떨어진 곳에서도 소리를 들을 수 있을 것 같았다.

레오는 화를 참지 못하고 이리저리 뛰어다녔다.

"자, 봤죠? 제 말이 맞죠? 나는 그저 놈들을 조금 쫓아다녔을 뿐이라고요. 다른 사자 같았으면 벌써 저 수놈을 후려갈기고도 남았다고요. 잘난 척만 하는 숫양 같으니라고!"

"레오, 너와는 농담도 못하겠다." 로즈가 말했다.

그때 붐슈미트 아저씨가 돌아왔다.

"저런 소리는 한 번도 들어 보지 못했는데." 하고 아저씨가 말했다. "저 울음소리 다들 들었지? 아기양 때부터 줄곧 연습해 왔다고 하는군. 로즈 양, 상상이 가요? 내가 우리 서커스단에서 함께 일하자고 제안을 했더니, 가족들을 모두 데려올 수 없으면 곤란하다고 하더군. 물론 저 양들을 우리가 다 데리고 있을 순 없지. 공연에는 보탬이 되겠지만 말이야. 하여튼 우리가 찾으려고만 한다면 숨은 재주꾼들이 아주 많아. 자, 애들아, 내가 제안을 하나 하지."

아저씨는 여전히 말 위에서 내려올 생각을 하지 않았는데, 분명 레오를 혼내는 일은 까맣게 잊으신 것이 분명했다. 로드가 책망하는 눈빛으로 몇 차례 아저씨가 있는 쪽을 돌아보았지만 아저씨는 그 문제에 대해서는 아무 말씀도 하지 않았다.

"프레지날드, 네가 유스타스를 찾아낸 것은 정말 잘한 일이야. 이제부터 너와 레오는 우리가 다시 북쪽에 도착할 때까지 재주가 뛰어난 동물들을 계속해서 찾아보도록 해. 네가 없어도 공연에는 지장이 없으니까, 요크 주에 도착할 때까지 공연일랑 잊어버려도 좋다. 시골길까지 샅샅이 뒤져서 서커스에 적당한 동물들이 있는지 알아보도록 해. 동물들을 많이 데려오면 데려올수록 더 좋으니까. 그렇게 되면 우리는 말 그대로 최고의 서커스단이 되는 거야!"

5. 강도 소굴에 들어간 프레지날드와 레오

다음 날 아침, 프레지날드와 레오는 서커스단을 뒤로한 채 서쪽으로 굽어 있는 돌길을 향해 발을 내디뎠다. 용감하게 발을 내딛는 그들 앞에 그림자가 길게 드리워졌다. 그때마다 레오는 조금씩 점프를 하거나 갑자기 뛰었는데, 이 모습을 지켜보던 프레지날드가 궁금해하며 왜 그러냐고 물었다.

"내 그림자 위로 점프를 하려고. 아작스 아저씨가 그러셨는데 그건 불가능한 일이래. 만약 내가 그걸 해 내면 이 세상에서 가장 똑똑한 사자가 될 거라고 하셨거든. 그래서 한참을 연습했어. 그런데 참 재미있어. 내가 아무리 빨리 움직여도 그림자는 항상 나

아기곰 프레지날드

보다 더 빠르거든."

그 말에 프레지날드는 "그건 나도 할 수 있겠다."라면서 자신의 그림자를 밟으려고 시도했다.

"피, 나보다 더 느리면서. 그 정도는 나도 하겠다. 자 봐." 그러더니 레오는 점프를 시도했다. "야, 이것 봐! 드디어 성공이다!"

"그건 내 그림자야." 프레지날드가 말했다.

"아, 그렇구나." 레오가 실망을 했다. "네 그림자만 아니었어도 성공하는 건데."

"그래 봤자 결과는 똑같을 텐데 뭐." 한참을 생각하던 프레지날드가 말했다. "아, 레오, 그건 불가능한 일이야. 왜냐하면 그림자 밟기에 성공하려면 네가 움직일 때 그림자가 가만히 정지해 있어야 하는데 네가 움직이면 그림자도 움직이잖아."

"누가 그래?"

"아무도 그런 말은 하지 않았어. 그냥 이치가 그렇다는 거야. 그게 다야."

"좋아, 어디 한번 따져 보자." 레오가 말했다. "그림자가 움직일 때 나도 움직여야 한다면 내가 움직이는데 왜 그림자가 움직여야 하지?"

"네가 움직이니까."

"아, 그래?" 사자가 말했다. "그렇다면 자, 잘 지켜봐. 내 그림자가 움직일 때까지 내가 꼼짝도 하지 않을게. 그러면 내가 한 자리에 가만히 서 있게 되는 거지. 장담하는데 내가 움직이는 일은 없을 거야."

말을 마친 레오는 길 한가운데에 꼼짝도 하지 않은 채 서서 자신의 그림자를 내려다보았다. 둘 다 꼼짝하지 않고 잠시 동안 서 있었다. 그러다 결국 프레지날드가 풀 위에 주저앉았다.

"그림자가 나를 움직이게 하지는 못할걸." 레오는 이렇게 말하고는 계속해서 꼼짝도 하지 않았다.

"봤지? 꼼짝도 하지 않잖아. 어림도 없지." 마침내 레오가 입을 열었다. "절대로 먼저 움직이려고 하지 않잖아. 자, 이제 출발하자." 그리고는 둘은 다시 길을 떠났다. "이걸로 충분히 증명이 됐지, 안 그래?"

그러나 사자와 말다툼을 해 봤자 헛수고라는 것을 잘 알고 있던 프레지날드는 "그럼. 그거면 충분하지."라며 레오의 편을 들어 주었다.

숲으로 들어서자 길은 산등성이를 향해 뻗어 있었다. 그림자가 보이지 않는 오르막길을 오르는 동안 레오는 가쁜 숨을 몰아쉬었다. 언덕을 넘자 길이 더욱 험해지더니 결국에는 늪지 사이로 길이 꼬불꼬불 이어졌다. 그러나 그것도 잠시, 이번에는 아예 길이 끊기고 말았다. 둘은 덤불을 한참 동안 헤맨 뒤에야 그 사실을 알

왔고, 그제야 가던 길을 되돌아 나오면서 서로의 얼굴을 물끄러미 쳐다보았다.

"뭐 이런 길이 다 있어?" 레오가 말했다. "암만 해도 오던 길로 되돌아가서 처음부터 다시 시작해야 할 것 같아. 정말 화난다. 세상에, 길이 끊겼다는 말 들어 본 적 있어? 지금까지 내가 갔던 길들은 어떻게든 계속 이어져 있었는데 말야."

"아마 이 길도 옛날에는 다른 길과 이어져 있었을 거야." 프레지날드가 레오를 진정시켰다. "그러다가 갑자기 끊겼겠지. 그건 그렇고, 오던 길을 되돌아가지 않아도 될 것 같은데. 그냥 숲을 지나가 보자."

"그래, 좋아. 하지만 이 길을 계속 간다면 내 머리털은 나뭇가지와 가시들 때문에 엉망이 될 거야." 하고 레오가 투덜거렸다.

"하지만 이 길 끝에 무언가 있을 것 같은 예감이 들어. 내가 나무 위에 올라가서 주위를 한번 살펴볼게."

나무 꼭대기로 올라간 프레지날드는 숲 저쪽에 농가 한 채와 헛간 하나 그리고 조그마한 밭이 있는 것을 발견했다. 그들은 길을 막고 있는 월계수 덤불을 헤치며 계속해서 걸어갔다.

그런데 몇 발자국 가지 않았을 때 갑자기 그들을 불러 세우는 소리가 들렸다. "멈춰라! 너희들은 누구냐?" 하는 소리와 함께 커다란 덩치에 털이 덥수룩한 말 한 마리가 덤불을 헤치며 머리를 쑥 내밀었다.

"안녕." 하고 레오가 먼저 인사를 건넸다. "우리는 서커스 단원들이야. 붐슈미트 아저씨를 대신해서 온 거지. 우리에게 잠깐 시간을 내줄 수 있겠니?"

하지만 레오의 호의에도 불구하고 말은 "우리는 낯선 이들을 좋아하지 않아." 하고 딱 잘라 말했다. "너희도 오던 길로 다시 되돌아가는 것이 좋을걸." 말은 강한 남부 악센트(미국의 언어인 영어에도 지방마다 특색이 있다. 남부, 북부, 서부, 동부 등으로 나뉘며, 악센트로 어디 출신인지 알 수 있다 - 역자 주)를 썼다.

"야, 왜 그래?" 레오가 애원하듯이 말했다. "우린 그냥 잠시 이야기를 하자는 것뿐인데. 우리 이야기를 들어두는 것이 너한테도 상당히 유리할걸. 자, 프레지야, 가자." 그러면서 레오가 발을 내디뎠다.

"그 자리에서 꼼짝하지 마." 말의 날카로운 목소리에 둘은 걸음을 멈추었다. "내가 이미 경고했지. 내 말을 안 들으면 곤경에 처하게 될 거라고."

문제를 일으키고 싶지 않았던 프레지날드는 그 길로 되돌아가고 싶었다. 그러나 사자들은 다른 동물에게 이건 해라, 이건 하지 말아라 하고 명령받는 것에 익숙하지 않았고, 그러다 보니 화가 머리끝까지 치밀었다.

"이봐." 레오가 입을 열었다. "쥐 꼬랑지에다 쟁기나 끄는 주제에 누구한테 명령이야. 까불지 말고 당장 비키기나 하지. 너 같은 게 우리를 이길 수 있을 것 같아?"

이 말과 함께 레오는 힘차게 앞으로 뛰어나갔고, 말은 뒷다리로 선 채 앞발로 공격을 했다. 그러나 레오는 살짝 몸을 피해 마치 고양이처럼 강력한 앞발을 말의 아래턱에 명중시켰다. 달각달각 하고 말의 이빨이 부딪치는 소리가 들리자 말은 고개를 돌려 히이잉 하고 비명을 지르면서 달아났고, 프레지날드는 친구를 따라 농가에 있는 작은 마당으로 들어섰다.

농가는 현관을 가로질러 여러 개의 기둥이 세워져 있을 정도로 규모가 제법 컸다. 한때는 꽤나 으리으리했을 것 같지만 지금은 현관도 기울어지고 창문은 모두 깨져 있었다. 페인트칠이 벗겨진 지 오래된 목재들은 여기저기 틈이 벌어진 채 썩어 있었다. 그러나 레오와 프레지날드에게는 그것을 자세히 살필 시간이 없었다. 집 뒤 들판과 숲은 물론이고 사방에서 갑자기 요란한 발자국 소리가 들리더니 30여 마리의 동물들이 삼삼오오 무리를 지어 그들을 향해 달려왔다. 바짝 야윈 돼지들과 사나워 보이는 커다란 개들,

털이 길고 몸집이 큰 말들, 섬뜩한 긴 뿔을 가진 꾀죄죄한 소들까지 두 눈이 빨갛고 거칠어 보이는 나이 든 황소의 지휘 하에 달려오고 있었다.

"음." 레오가 신음 소리를 냈다. "프레지날드, 아무래도 내가 실수를 한 것 같은데."

미처 손을 쓸 겨를도 없이 동물들이 그들 주위를 에워쌌다.

"헛간 안으로 들어가." 황소가 쉰 목소리로 고함을 질렀다. 그리고는 날카로운 뿔을 이용해 다 쓰러져 가는 헛간 쪽으로 그들을 몰았다. 레오는 순순히 헛간으로 들어가는 대신 변명을 하려고 했지만, 아무도 귀를 기울이지 않았다.

"아무래도 내가 너무 경솔했나 봐."

동물들이 그들을 감시하기 위해 심술궂어 보이는 암소 두 마리를 남기고 떠나자 레오는 후회가 들었다. "하지만 백수의 왕인 사자가 말에게 그런 명령을 받을 순 없지!"

"그런데 말야, 너 혹시 이 근처에 사람이 있는 걸 봤니?" 하고 프레지날드가 물었다.

"그래, 지금 생각해 보니 사람을 한 명도 못 봤네." 레오가 대답했다. "그것 참 희한하네. 이 불한당 같은 놈들끼리 이곳에서 살 수는 없을 텐데, 안 그래?"

"창문엔 커튼도 달려 있지 않고, 집 주위에는 연장 같은 것도 전

아기곰 프레지날드

혀 보이지 않아." 프레지날드가 말했다.

"음. 뭔가 좀 이상한데." 레오도 불안한 마음이 들었다.

그들은 모든 상황이 심상치 않다는 것을 직감했다. 아무리 온순한 가축도 한번 화가 나면 보통의 야생 동물보다 훨씬 더 포악해진다. 레오와 프레지날드는 그 문제에 대해 조용히 의논해 보았지만 뾰족한 답은 나오지 않았다. 헛간을 부수고 달아나면 간단하겠지만 그러려면 어느 정도 시간도 필요하고, 시끄러운 소리가 날 것이 뻔했다. 그렇게 되면 어렵게 헛간을 빠져나간다 해도 그들을 반기는 것은 온갖 동물들의 뿔과 발굽과 이빨뿐일 것이다.

"그냥 이곳에서 기다리는 수밖에는 없어." 하고 레오가 체념한 듯 말했다.

그러나 그리 오래 기다리지 않아도 되었다. 30분쯤 지나자 황소가 다시 헛간 입구에 나타났기 때문이다. 황소가 프레지날드를 향해 고개를 주억거렸다.

"너, 이리 와."

프레지날드가 앞으로 나서자 황소가 레오를 가리키며 물었다.

"쟤는 뭐야?"

"누구요, 레오 말예요? 사자입니다."

"사자는 무슨 사자. 꼭 강아지 같은데?"

"뭐라고? 강아지라니! 내 참 기가 막혀서! 나는 고양이과의 대표이자 모든 동물의 왕이라고. 내가 바로 그런 인물이라고."

"개처럼 보이는 주제에." 하고 황소가 다시 타박을 주었다. "조용히 하지 못해!" 황소는 화가 나서 소리를 지르는 레오를 호통쳤다. "자, 하던 말을 계속하지. 아기 곰아, 왜 여기에 온 거지?"

프레지날드의 설명을 들은 황소는 심각하게 콧방귀를 뀌었다. "이거 보통 일이 아닌데. 하지만 너희들을 해치거나 상처를 주지는 않을 거야. 하지만 당분간은 이곳에 좀 있어야겠다."

이 말을 남기고 황소는 무거운 걸음으로 헛간을 나갔다.

6. 포로가 된 레오와 프레지날드

포로가 된 레오와 프레지날드는 한 시간 동안 헛간에 단 둘이 남겨졌다. 레오는 헛간 안을 왔다갔다하면서 서성거렸는데, 신경질적으로 꼬리를 흔들면서 분한 듯이 씨근거렸다. 레오가 문간에 가까이 다가가기만 해도 보초를 서고 있던 두 마리 암소는 마치 둘을 위협하듯이 뿔을 들이댔다.

프레지날드는 레오에게 조금 화가 나 있었다. 프레지날드가 보기에 그곳을 빠져나가기 위해서는 상당히 치밀한 계획이 필요했다. 그러나 사자는 황소가 자신에게 했던 말 때문에 잔뜩 화가 나 있을 뿐 도무지 다른 생각은 하려 들지 않았다.

"강아지라고?" 레오는 으르렁거렸다. "나를 강아지라고 했겠다? 코끼리를 우습게 생각하고 코뿔소와 맞서 싸우는 나를 이런 헛간에 가두다니. 자기가 매에애 매에 하고 울고 있을 때 으르렁하는 고함 하나로 온 정글을 벌벌 떨게 만들었던 나를 말야."

결국 프레지날드는 혼자서 계획을 세우기로 했다. 아무래도 붐슈미트 아저씨에게 자신들이 있는 곳을 알리는 것만이 유일한 해결책일 것 같았다. 누군가가 소식을 전하게 만들 수만 있다면 좋을 텐데 하는 생각이 들었다. 어쩌면 저 밖에 있는 새들이 도와줄 수 있을 것 같았다. 마침 지붕 위와 헛간 밖 숲 속에서 새들이 지저귀는 소리가 들려왔다.

어둠침침한 헛간 한구석에 건초 보관소로 올라가는 사다리가 놓여 있었다. 만약 보관소까지 올라갈 수만 있다면 지붕 위에 난 구멍을 통해 들키지 않고 새들과 이야기를 나눌 수 있을 것이다. 막 사다리를 오르려던 프레지날드는 갑작스러운 레오의 비명에 고개를 돌렸다. 문 앞을 지키고 있던 암소들이 그들을 지켜보고 있던 것이다. 그리고 그들 사이에는 심상치 않은 분위기를 풍기는 다른 동물이 함께 서 있었다.

그것은 다름 아닌 털에서 빛이 나는 말쑥한 수탉이었다. 그가 가볍게 고개를 끄덕이며 먼저 인사를 건넸다. "안녕, 신사 여러분."

아기곰 프레지날드

그러면서 말을 이어 갔다. "그래, 불편하지는 않으셨는지요? 아, 알아요." 레오가 무슨 말을 하려고 하자 수탉이 손을 들어 말을 가로막으며 말했다. "예, 충분히 이해합니다. 일련의 모든 사건들에 대해서는 매우 유감입니다. 자신 있게 말하는데, 그 점에 대해서는 어느 누구보다 유감으로 생각하고 있습니다. 그건 그렇고, 제가 이렇게 온 것은 대장의 제안을 전달하기 위해서랍니다. 우선 좀 앉으시죠?"

"그러면." 하고 수탉이 입을 열었다. "지금 상황은 이렇습니다. 여러분의 이해를 돕기 위해 몇 년 전으로 거슬러 올라가야 하겠군요. 정확히 말하자면 지금으로부터 70년 전의 일이랍니다. 당시 굉장히 번성했던 이 농장은, 제퍼슨 버드 얀시 대령의 소유였죠. 그러던 중 남북 전쟁이 터졌답니다. 얀시 대령은 부대를 이끌고 전쟁터로 떠났고, 일 년이 지나 이 년이 흘렀어요. 하지만 대령님에게서는 아무런 소식이 없었답니다. 그러자 노예들이 차차 이곳을 떠나기 시작했죠. 그렇게 모든 노예들이 떠났고, 결국 농장에는 가축들만 남게 되었지요.

저희 가축들은 얀시 대령을 무척 좋아했답니다. 최선을 다해서 농장을 지켰거든요. 그런데 얼마 뒤 얀시 대령이 전사했다는 소문이 들렸습니다. 그리고 또 얼마 후에는 전쟁이 끝났다는 소문이 들려왔고요. 즉, 남군이 패배했던 거죠. 주인이 돌보지 않은 이 농

그가 가볍게 고개를 끄덕이며 먼저 인사를 건넸다. "안녕, 신사 여러분."

아기곰 프레지날드

장은 잡초만 무성하게 되었고, 결국 사람들의 기억에서 잊혀지게 되었답니다.

하지만 가축들은 세상과 격리되어 있다는 것을 속으로는 좋아했어요. 주인을 죽이고 친구들에게 피해를 준 양키들을 증오했던 거죠. 결국 이 헛간에서 역사적인 회의가 열렸고, 가축들은 남부 연방(C.S.I.라고도 하며 남북 전쟁 시초에 합중국으로부터 분리한 남부 11주를 말함 – 역주)을 위해 죽을 때까지 충성을 다할 것과 이 농장을 끝까지 지키는 데 모든 힘을 기울이겠다고 뜻을 같이했습니다. 그리하여 이곳은 남부 연방 중에서 유일하게 정복당하지 않은 최후의 지역으로 남았습니다. 연방 국가(남북 전쟁 당시 북부의 주들을 의미함 – 역주)에서 보낸 무장군의 공격에도 꿈쩍하지 않았답니다.

하지만 충성을 맹세했던 동물들은 이미 모두 고인이 되었습니다. 하지만 그들의 증손자들이 아직도 조상의 뜻을 받들고 있습니다. 나는 나의 증 – 증 – 증 – 증 – 증 – 증 – 증 – 증 – 증조 할아버지께서 존경해 마지않는 법안을 제출했으며, 동지들을 선두 지휘하여 조약의 비준을 알리는 우렁찬 함성을 울렸다는 사실을 항상 자랑스럽게 생각하고 있습니다. 아, 그날은 사랑하는 남부 역사에 있어 정말로 위대한 날이었습니다."

수탉은 잠시 한 발로 자신의 두 눈을 가렸다. 그러더니 "아, 이거 죄송합니다. 제가 너무 감정이 격했나 봅니다. 수천 번도 더 들은 이야기지만 들을 때마다 내 몸속에 뜨거운 남부의 피가 끓어오르는 것을 어쩔 수 없군요. 우리 남부인들은 여성을 정중하게 대하거나 상냥하게 구는 것과는 완전히 담을 쌓았다고 할 수 있지요! 하지만 기사도 정신만은 이미 전 세계에 널리 알려져 있기 때문에 제가 따로 소개를 하지 않아도 될 정도입니다. 이거 하나만 말씀드리죠. 그때 이후로 푸른 군복을 입은 양키 군인은 단 한 명도 이 땅에 발을 들여놓지 못했습니다."

"하지만 이제 그들은 파란색 군복을 입지 않아요." 프레지날드가 대꾸하자 수탉이 위엄 있게 말했다.

"그러니까 저는 은유적으로 표현한 겁니다."

"결국 자랑을 했다는 거군." 낯선 방문객의 연설에 싫증이 난 레오가 나섰다. "이봐, 수탉 양반, 그럼 도대체 언제쯤 우리를 이곳에서 내보내 줄 거요?"

"저는 앞서 이곳을 다녀가신 대장의 명을 받아서……." 수탉이 설명을 시작했다.

"그 늙은 황소 말이오?" 레오가 물었다.

"네, 황소 대장 말입니다. 대장께서는 우리 조직에 들어오거나 포로가 되거나 둘 가운데 하나를 선택하라고 하셨습니다."

"그러니까 붐슈미트 아저씨에게 다시는 돌아갈 수 없다는 말인가요?" 프레지날드가 물었다.

"네, 그렇습니다. 우리 조직에 들어오려면 남부 연방에 대한 충성을 맹세해야 합니다. 또 우리 조직의 일원이 되면 대장의 명령에 복종해야 합니다. 만약 이 제안을 거부하면 생각이 바뀔 때까지 보초들의 감시를 받아야 할 겁니다."

"그걸 가지고 선택하고 말고 할 게 없죠." 레오가 말했다. "자, 보세요, 나는 연방 국가 소속이 아닙니다. 더 정확히 말하면 제 고향은 아프리카란 말입니다. 그러니까 괜히 그 문제로 날 괴롭힐 생각일랑 하지 마시오."

"그래요?" 수탉이 물었다. "아시다시피, 농장에서 일하던 노예들이 아프리카 출신이었는데. 대장에게 이 사실을 알려야겠군요."

"노예라고?" 레오는 버럭 고함을 지르더니 갑자기 크게 포효했다. "그래, 내가 나방에 물리기나 하는 황소와 너처럼 뒤뚱거리는 걸음걸이로 벌레나 먹고사는 바보 같은 수탉의 노예가 되어야 한다는 말이야? 도대체……."

"레오야, 잠깐." 프레지날드가 레오의 어깨에 손을 얹으며 레오를 달랬다. 수탉은 놀란 듯 꽥꽥거리며 문 쪽으로 뒷걸음질을 쳤고, 보초들은 뿔이 달린 머리를 수탉 가까이 갖다 댔다. 그때 프레지날드가 레오 편을 들었다.

"레오도 화날 만하지요. 노예 이야기를 꺼낸 것은 당신이 실수한 거예요. 그런데 몇 가지만 물어봅시다. 당신의 제안에 대해 생각할 시간을 좀 줄 수 있나요?"

"원한다면 일 년이라도 줄 수 있소." 수탉이 말했다. "십 년도 괜찮소. 어쨌든 결정을 내리기 전까지는 여기서 한 발자국도 꼼짝할 수 없소."

"만약 당신들의 조직에 들어가면 우리가 무슨 일을 하게 되는 거죠? 그러니까 내 말은, 당신들은 무얼 해서 먹고살고 있냐는 말이오. 사람들의 도움이 없으면 옥수수나 귀리 같은 것을 키울 수 없잖아요."

"그거야 그렇지. 우리는 적들을 공격해요. 연방 국가의 영토를 기습해서 필요한 것을 몽땅 가져오지. 필요할 경우에는 폭력을 행사하기도 하지요."

"잘 알겠어요." 프레지날드가 대답했다. "어쨌든 고마워요. 곰곰이 생각해 보고 결정할게요."

"세상에, 연방 국가를 기습한다고?" 수탉이 헛간 밖으로 나가자 레오가 폭발했다. "결국 농장을 벗어난다는 말이잖아. 놈들은 강도들이라고."

"두 말 하면 잔소리지." 프레지날드가 맞장구를 쳤다. "자, 레오, 이제부터 내 말 잘 들어. 네가 잠시 보초들의 주위를 다른 데로 돌려줘. 그러면 내가 지붕 위로 올라가서 붐슈미트 아저씨께 연락을 해 달라고 새들에게 부탁해 볼게."

아기곰 프레지날드

서둘러 사다리를 올라간 프레지날드는 생각했던 대로 지붕 여기
저기에 구멍이 나 있는 것을 발견했다. 그중 한 구멍으로 고개를
내밀자 지붕 끝자락에 지푸라기를 물고 있는 굴뚝새가 보였다.

"안녕, 굴뚝새야." 프레지날드가 인사를 건넸다.

"그래 안녕, 곰돌아." 굴뚝새도 인사를 했다. "너희가 헛간에 갇
히는 거 봤어. 정말 서커스단으로 돌아가고 싶겠다."

"근데 우리가 서커스 단원인 걸 어떻게 알지?" 프레지날드가 물
었다.

"난 여기저기를 날아다니잖아."

"그럼 너도 남부 연방 편이니?" 프레지날드가 물었다.

"글쎄, 그렇기도 하고 아니기도 해." 굴뚝새가 말했다. "너도 알
겠지만 겨울이 되면 나는 남아메리카로 날아가잖아. 거기서는 내
가 남부 연방에서 왔다고 해도 그들은 뭔지 모르거든. 하지만 미
국에서 왔다고 하면 그날로 대접이 융숭해져."

"그렇구나." 프레지날드는 드디어 본론을 꺼냈다. "그런데 말야,
부탁이 하나 있는데……."

"그만, 그만해." 굴뚝새가 프레지날드의 말을 막았다. "네가 무
슨 말을 하려고 하는지 다 알아. 붐슈미트 아저씨에게 너희들 소
식을 전해 달라는 거지? 그런데 미안하지만 안 되겠어. 나는 지금
너무 바쁘거든. 실은 얼마 전부터 둥지를 하나 짓고 있는데, 그렇

기 때문에 그 먼 곳까지 날아가서 우체부 노릇을 할 시간이 없어."

"아냐. 그건 네가 잘못 생각한 거야." 프레지날드가 굴뚝새를 설득했다. "기껏해야 한두 시간이면 충분하다고. 서커스단이 있는 곳은 여기서 그리 멀지 않아."

"그래, 그렇다고 해도……, 내가 건들거리고 다니면서 둥지 바닥 공사를 끝내지 않으면 마누라가 뭐라고 하겠느냔 말야."

"그 점에 대해서는 붐슈미트 아저씨가 충분한 보상을 해 주실 거야. 여름 내내 먹을 수 있는 옥수수를 듬뿍 얻어 올 수 있을걸. 둥지에 필요한 리본을 얻을 수도 있고……."

프레지날드의 제안에 굴뚝새는 머리를 가로저으며 말했다. "고맙긴 하지만 나는 지금 살고 있는 집만으로도 충분해. 이곳 대장이 먹이도 충분히 주고. 항상 새들 몫까지 챙겨 주거든."

"이제 보니 너 그 늙은 대장이 무서운 거구나. 이제 알겠다." 프레지날드가 말했다. "피! 늙은 황소를 무서워하다니. 네가 얼마나 겁쟁이인지 보지 않아도 뻔하다!"

"너, 그런 식으로 말하지 마." 굴뚝새가 화를 냈다. "그래, 난 겁쟁이야. 그러니까 다른 데 가서 알아봐."

"잠깐만." 프레지날드가 굴뚝새를 불러 세웠다. "그래, 그 얘기는 여기서 끝내자. 하지만 나랑 얘기를 좀 더 한다고 해서 나쁠 건 없잖아, 안 그래? 특히 내 친구 레오는 성질이 너무 고약해서 대화를 나눌 만한 상대가 필요하거든."

"천만의 말씀." 굴뚝새가 말했다. "이제 다른 방법으로 나를 속여서 내가 소식을 전하게 만들려고 하는 것 같은데. 좋아, 그러고 싶다면 어디 마음대로 해 봐." 굴뚝새는 키득거리며 장난스럽게 웃었다. "굴뚝새를 속일 수 있는 천재가 있을까? 하지만 나도 네가 부리는 묘기에 대해서는 궁금한 게 많아."

그리하여 프레지날드는 길 위에서의 생활과 동물들이 각자 어떤 일을 맡고 있는지를 설명해 주었다. 호기심이 발동한 굴뚝새는 꽤나 박식한 질문을 했다. 분위기를 살펴 가던 프레지날드는 다시 둥지를 짓는 문제를 꺼냈다. 굴뚝새는 어떤 재료들을 어떻게 엮어야 하는지에 대해 설명해 주었다. 설명을 듣고 있던 프레지날드가 입을 열었다. "와, 정말 재미있겠다. 그런데 너 아프리카 딥딥이라고 들어 봤어?"

"아니, 처음 들어 보는데." 굴뚝새가 말했다.

"딥딥이는 새인데, 너랑 크기가 비슷해." 프레지날드가 진지하게 설명을 시작했다. "단지 색깔만 달라. 아주 색이 고운데 붉은색, 파란색, 노란색으로 되어 있지. 어머, 미안해." 불쾌한 표정으로 굴뚝새가 자신의 칙칙하고 촌스러운 깃털을 보고 있는 모습에 프레지날드가 재빨리 사과했다.

"비교하려는 것은 절대 아니야. 모든 동물들이 딥딥처럼 예쁠 수는 없지. 나도 이렇게 색이 바래고 낡은 코트 대신 호랑이 가죽을 입었으면 하고 생각할 때가 종종 있거든. 그건 그렇고, 왜 딥딥 이야기를 꺼냈냐 하면 그 새가 집을 짓는 방법이 너희들과 비슷하거든. 한 가지 다른 게 있다면, 그 새는 …… 놀라지 마! 길고 거친 사자의 갈기를 뽑아다 집을 짓는다는 거지."

"정말?" 굴뚝새가 물었다.

"그렇다니까. 결코 낡아서 못쓰게 되는 법이 없어. 나는 만든 지 거의 20년이나 된 집을 본 적도 있다니까."

"헛간에 너랑 같이 있는 동물이 사자라고 했지? 맞지?" 굴뚝새가 관심을 보이며 물었다.

"그래. 하지만 내 친구 레오는 얼마나 복이 많은지 몰라! 이 세상에서 그놈의 갈기를 뽑아 간 딥딥은 한 마리도 없으니까. 레오

아기곰 프레지날드

는 예외야. 레오가 그러는데 새끼 딥딥의 깃털이 자라서 어떤 색으로 변할 것인가 하는 것은 아주 간단한 문제라고 하더군."

"지금 깃털 색이라고 그랬어?" 굴뚝새가 깜짝 놀라며 물었다. "그게 무슨 말이야?"

"아, 내가 깜빡했네." 프레지날드가 말했다. "글쎄, 나도 확실히 믿어지지는 않지만, 딥딥이 그러는데 사자의 갈기로 만든 둥지에서 자란 새끼들의 깃털 색깔이 그렇지 않은 새들에 비해 훨씬 곱대. 그런데 좀 이상하지 않아?"

"글쎄, 모르겠는데." 굴뚝새가 말했다. "네 생각에도 사자의……."

"아냐, 그럴 리가 없지." 프레지날드가 얼른 굴뚝새의 말을 막았다. "쳇, 내가 괜히 그런 소리를 했구나. 레오가 미치지 않고는 자기의 갈기를 뽑아 가도록 가만 내버려두지 않을걸."

"나야 어떻든 상관없지만 새끼들에게만큼은 최대한으로 잘해 주고 싶어. 사실 이곳에 있는 동안에는 별로 불편할 게 없어. 하지만 겨울에 남아프리카로 가 보면 큰부리새, 앵무새, 벌새처럼 고운 색의 새들이 많거든. 그러다 보니 우리는 어디를 가든지 눈에 띄지. 작년에 우리가 낳은 새끼들은 아직까지 깃털이 밝은 색이라서 다행이야. 하지만 속 털만 밝으면 뭐해. 겉도 고와야지."

"털 색깔이 고와야 새도 예쁘지." 프레지날드가 진지하게 말했다. "이런 말 해서 미안하긴 하지만 사실이 그래. 서커스단에서도 종종 그런 일을 봤거든. 우리 서커스단에 타조가 한 마리 있는데……."

"이야기 중에 미안한데," 굴뚝새가 말을 막았다. "아까 얘기했던 사자 말이야, 갈기 털을 우리한테 조금만 나눠주라고 네가 잘 이야기해 주면 안 될까? 그렇게 많이 필요하지는 않으니까."

"그럼 내 입장이 곤란해지는데." 하고 프레지날드가 망설이는 듯이 말했다. "하여튼 지금은 힘들고. 나중에 우리가 이 조직에 들어가고 레오도 좀 화를 덜 내게 되면 어쩜 가능할지도 모르지……."

"그럼 너희들 우리 조직에 들어오려고?" 굴뚝새가 물었다.

"그럼 어떻게 하니. 하여튼 나중에는 좀 어떻게 해 볼 수 있을 것 같은데, 지금은 안 돼. 레오가 엄청 화가 나 있거든. 말도 못 꺼낼 정도야."

"하지만 그때면 너무 늦는데." 굴뚝새가 고집을 피웠다. "빨리 둥지 만드는 일을 끝내야 하거든. 어서 빨리 끝내야 해. 그럼 이렇게 하자. 아까 나한테 소식을 좀 전해 달라고 했었지? 우리 계약을 맺자. 네가 갈기 털을 많이 구해 주면 내가 네 부탁을 들어줄게."

"정말 미안해." 프레지날드가 말했다. "그런 이야기를 꺼내서 정말 미안해. 네가 그런 제안을 해 줘서 고마운데 지금 상황에서는

아기곰 프레지날드

힘들어. 부탁이니까 제발 그 이야기는 이제 그만하자. 그리고……," 프레지날드가 머뭇거리며 말했다. "그래 솔직하게 말할게. 사실 그 이야기는 내가 모두 지어낸 거야. 어떻게든 서커스단에 소식을 전하고 싶어서……. 하지만 이제는 너를 속이면서까지 그러고 싶지 않아. 그러니까 그 이야기는 잊어버려, 알았지?"

그러나 굴뚝새는 곰돌이의 말을 믿으려고 하지 않았다.

"말도 안 돼. 네가 나를 속였다고는 생각하지 않아. 만약 네가 다 꾸며낸 이야기라고 하면, 바보가 아니고서야 내 제안을 거절할 리가 없지. 자, 정말 사자가 네 말을 듣지 않는지 보자. 만약 사자가 내 부탁을 들어주면 내가 붐슈미트 아저씨에게 가서 너희가 여기에 있다고 말해 줄게."

"알았어." 프레지날드가 자신 없는 목소리로 말했다. "한번 해 볼게. 여기서 기다려."

그러나 건초 보관소로 내려와 굴뚝새의 모습이 보이지 않게 되자 프레지날드의 얼굴에는 그동안 간신히 참고 있던 기쁨의 미소가 환하게 번졌다. 그는 목적한 바를 이루었고, 또 거짓말도 하지 않은 셈이 된 것이다. 아니, 비록 거짓말을 하긴 했지만 그것이 거짓말이라고 다시 고백했으니까 문제될 것이 없었다. 그는 의심이 많은 사람일수록 더 쉽게 속는다는 것을 오래전부터 알고 있었다.

이제 프레지날드에게는 사자의 갈기를 뽑아 오는 일만 남았다.

하지만 그것을 결코 쉬운 일은 아니었다. 그가 이미 말했듯이, 레오는 자신의 갈기를 무척이나 자랑스럽게 생각하고 있었다. 그 때문에 프레지날드와 레오는 한참 동안 실랑이를 벌여야 했다. 하지만 어떤 동물도 자유를 위해 한 줌의 머리카락을 희생하는 것을 거부하지는 않을 것이므로, 결국에는 레오가 프레지날드의 말을 따르게 될 것이다. 프레지날드는 이제 실랑이 자체를 피할 방법을 생각했다.

헛간으로 내려가자 레오가 물었다. "어떻게 됐어?"

"잘됐어. 굴뚝새가 관심을 보이더군. 하지만 잠깐 기다려야 돼." 아기 곰은 레오 옆에 자리를 잡고 앉았다. "그런데 레오, 너 갈기가 아주 엉망이구나. 가시 투성이야."

"그래서 어쩌라고?" 레오가 심드렁하게 말했다.

"아니, 내 말은 뭐……." 프레지날드가 말했다. "이 강도들 앞에서 좀 멋져 보이고 싶지 않냐는 거지. 놈들이 지저분하게 보인다고 우리까지 그러라는 법은 없잖아. 마침 저 구석에 낡은 갈퀴가 있더라. 내가 저걸로 빗질을 해 줄 수도 있는데."

결국 프레지날드는 갈퀴를 집어들고 레오의 갈기를 빗기기 시작했다. 가시를 떼어 내기 위해서는 빗질을 해야 했는데, 그러다 보니 갈기가 몇 가닥씩 빠지게 되었다. 레오는 비명을 지르며 심하게 몸을 뒤적거렸다. 마침내 갈기에 걸려 있던 가시를 말끔히 제

거하고 나니 둥지를 짓고도 남을 만큼의 많은 갈기를 얻을 수 있었다.

굴뚝새는 기쁜 나머지 당장이라도 새둥지를 지으려고 했다. 그러나 프레지날드는 붐슈미트 아저씨께 소식을 전해 주기 전까지는 사자의 갈기를 줄 수 없다고 딱 잘라서 거절했다. 결국 굴뚝새는 어쩔 수 없이 서커스단이 있는 곳을 향해 출발했다. 프레지날드는 다시 헛간으로 내려와 레오에게 이 기쁜 소식을 전했다.

7. 독수리 발디의 수탉 공격

점심 시간이 되자 보초가 바뀌었고, 비록 형편없기는 했지만 그래도 먹을 만한 점심 식사가 죄수들에게 제공되었다. 굴뚝새는 오후 2시가 다 되어 돌아왔다. 굴뚝새는 붐슈미트 아저씨를 만나고 왔는데, 아저씨는 소식을 듣자마자 북쪽으로 향하던 서커스단을 세워 전쟁 위원회를 소집했다고 했다.

"아저씨가 걱정하지 말라고 하셨어. 너희들을 구하러 오신대."

"언제쯤?" 프레지날드가 물었다.

"글쎄, 아마 25킬로미터는 더 오셔야 할걸." 굴뚝새가 말했다. "내일은 되야 할 거야."

아기곰 프레지날드

그날 오후 수탉이 다시 헛간을 찾아와 남부 연방에 가입하기로 마음을 정했냐고 물었다. 레오는 수탉을 무시했다.

"그게 무슨 소용이 있겠나? 내일 이맘때면 남부 연방이 사라질 판인데."

수탉은 신경질적으로 고개를 가로저었다.

"그런 말도 안 되는 소리는 하지도 마시오. 지금 상황이 얼마나 심각한지 제대로 파악하지 못하고 있는 것 같군."

"우리 걱정일랑 하지 마쇼." 레오가 수탉의 약을 올렸다. "힘도 없는 물렁닭 주제에……. 당신 앞날이나 걱정하는 편이 나을걸. 꼬리털이 꽤나 자랑스러운 모양이지, 안 그래? 그렇다면 실컷 자랑하고 돌아다니시지. 내일이면 그 꼬리털도 다 뽑히고 말 테니까."

"나에게 이런 모욕을 준 것을 반드시 후회하게 해 줄 테다." 수탉이 부르르 떨면서 말했다. 그러더니 "보초병!" 하고 소리를 질렀는데, 소름이 돋을 만큼 날카로운 비명에 가까웠다. "오늘 밤 이 놈들한테 볏짚을 하나도 넣어 주지 마. 맨바닥에서 잠을 자 봐야 돼. 그리고 오늘 저녁도 없다. 이건 대장의 명령이야."

"네, 중위님." 보초병들이 대답했다.

프레지날드는 수탉을 화나게 만드는 것은 좋은 방법이 아니라는 생각이 들었다. 그러나 레오를 저지하기도 전에 밖에서 소동이 벌어졌다. 바쁘게 뛰어다니고 왁자지껄하며 떠드는 소리가 들려오자 수탉은 헛간을 나가려다 말고 입구에 선 채 하늘을 뚫어져라 노려보았다.

죄수들은 보초들이 가로막고 있는 헛간 입구 쪽으로 다가와 밖을 내다보았다. 쓰레기가 어지럽게 널려져 있는 헛간 마당 너머로 다 쓰러져 가는 농가가 한 채 보였고, 그 뒤로 나무들이 빽빽하게 늘어선 숲이 보였다. 그 나무들 위로 농장을 향해 새 때가 빠른 속도로 날아오고 있었다. 프레지날드는 그들을 금방 알아보았다. 바로 로즈 양의 애완동물인 비둘기들이었다. 비둘기들은 세 마리씩 나란히 줄을 서서 날아왔는데, 헛간 바로 앞에 다다르자 가장 앞에 있던 우두머리가 획 하고 방향을 돌려 날아오르더니 금방 사라져 버렸다. 바로 그때 비둘기가 두고 간 것으로 보이는 물건이 바닥에 떨어졌다.

"붐 아저씨의 체크 무늬 손수건이다." 레오가 신이 난 듯 속삭였다. "우리를 구하러 오고 있다는 걸 알리려는 것 같아."

이제 비둘기들은 모두 사라지고 없었지만, 프레지날드와 레오는 헛간 마당에 모여 있던 동물들을 보고 비둘기들의 위치를 파악할 수 있었다. 왜냐하면 동물들의 머리가 원을 그리며 급강하하는 비둘기들의 움직임을 따라 움직이고 있었기 때문이었다. 비둘기들은 분명 적군의 전력과 위치를 염탐하기 위해 보낸 정찰대가 분명

했다.

약 1분 뒤 비둘기들은 다시 농가 위로 날아올랐다. 프레지날드가 비둘기들을 발견했을 때, 매 두 마리가 커다란 소나무 위에서 날아오르는 것이 보였다. 커다란 날개를 흔들며 재빨리 공중을 날아오른 매는 비둘기 떼 위로 날아올랐다.

수탉은 날개를 파닥거리고 신경질적으로 웃으면서 "이제 흥미로운 일이 벌어질 거야." 하고 말하고는 고개를 돌려 포로들을 쳐다보았다.

그러더니 "아마 이게 너희들이 기대했던 탈출 쇼인가 보지?" 하고 비꼬듯이 말했다. "어리석은 비둘기들이 손수건을 떨어뜨리는 쇼를 벌이다니! 자, 비둘기들한테 무슨 일이 벌어지는지 잘 두고 보시지."

그러나 레오 역시 수탉을 비웃었다. "걱정 마. 잘 지켜보고 있으니까. 너나 끝까지 잘 보라고."

그러면서 레오는 공중을 가리켰다. 비둘기 떼를 지나, 그리고 그 위를 날고 있는 매 위쪽으로 그들이 여태껏 발견하지 못했던 아주 작은 점이 갑자기 커지기 시작했다. 그러더니 마치 화살처럼 아래쪽을 향해 떨어지기 시작했는데, 두 마리 매 가운데 더 큰 쪽을 겨냥하고 있었다. 그리고 바로 공중을 가르며 날카로운 비명 소리가 울려 퍼졌다.

"레오!" 프레지날드가 신이 나서 소리쳤다. "독수리다! 우리의
발디가 왔다."

"그래." 사자가 맞장구를 쳤다. "그럼 그렇지. 단장님이 비둘기
만 보냈을 리가 없지. 자, 계속 지켜봐. 또 근사한 일이 벌어질 테
니까."

독수리를 발견한 매는 비둘기들을 포기한 채 숲을 향해 하강했
다. 그중 덩치가 작은놈은 몸을 피하기 위해 나뭇가지들 사이로
거의 곤두박질치다시피 했다. 그러나 덩치가 좀 더 큰 다른 한 놈
은 독수리가 지켜보는 가운데 아직도 가장 높은 소나무에서 위로

아기곰 프레지날드

약 150미터 되는 지점을 배회하고 있었다. 적의 공격으로부터 자신을 보호해야겠다고 생각한 매는 발톱을 세우고 독수리 쪽을 향했다. 그러나 발디는 엄청나게 큰 발톱을 이용해 매를 한 손에 움켜쥐었다. 팔딱거리는 매를 거머쥔 채 커다란 울음소리와 함께 농장 주위를 맴돌던 발디가 갑자기 농장 마당 쪽으로 향했다. 발디는 매를 놓은 뒤 커다란 원을 그리며 아래로 하강하여 이번에는 동료들의 바로 코앞에서 수탉을 낚아채어 치솟았다.

갱단 무리 가운데 유일하게 꼬리털이 예쁜 수탉이 하늘로 끌려 올라가자 강도들 사이에서 분노의 함성이 터져 나왔다.

레오가 프레지날드의 등을 철썩 때리며 소리쳤다. "내가 뭐라고 그랬어!" 그러면서 쩌렁쩌렁 울리는 큰 목소리로 포효하자, 하늘을 향해 세차게 차고 올라가던 독수리도 비명을 지르는 듯한 울음소리로 화답했다. 동물들이 쏟아내는 성난 목소리 속에서 프레지날드는 공포에 사로잡힌 수탉의 울음소리를 들을 수 있었다. 하지만 독수리가 북쪽 하늘로 사라져 버리자 수탉의 울음소리도 더 이상 들려오지 않았다.

상황이 이렇게 되자 갱단이 들고일어났다. 단 몇 분 사이에 구름처럼 몰려든 동물들이 헛간 앞에서 서로 밀쳤고, 이 때문에 보초들은 애를 먹었다. "놈들을 죽여라!" 하는 고함소리가 들리자 레오는 은밀하게 기둥에 발톱을 갈기 시작했다. 바로 그때 황소가

바로 그때 황소가 어렵게 동물 무리들을 밀치고 헛간으로 들어왔다.

아기곰 프레지날드

어렵게 동물 무리들을 밀치고 헛간으로 들어왔다.

"뒤로 물러서!" 황소는 뿔을 좌우로 흔들면서 다른 동물들을 위협했다. 헛간 입구에 고개를 숙인 채 선 황소는 충혈된 작은 눈으로 죄수들을 노려보았다. 그러더니 뒤쪽을 바라보면서 부하들에게 명령을 내렸다.

약 30분 뒤 레오와 프레지날드는 헛간 밖으로 끌려나와 농가의 다락방에 갇혔다. 다락방으로 통하는 계단 아래에 보초가 하나 세워져 있었는데, 다락방 양끝에 난 작은 창문을 통해 보초들이 배치되고, 곡물 자루가 지하 창고로 옮겨지는 것이 보였다. 농가를 중심으로 포위 공격에 대비하고 있는 것이 분명했다.

날이 어두워지자 레오는 계단으로 가서 보초에게 먹을 것을 달라고 요구했다. 한동안 아무런 대답이 없더니, 마침내 "조용히 있는 게 좋을걸. 오늘밤은 아무것도 없어. 대장의 명령이다."라는 소리가 들렸다.

"이봐." 레오도 쉽게 물러서지 않았다. "죄수를 이렇게 다루는 게 아니지. 우릴 이렇게 굶어 죽게 내버려둬서는 안 될걸."

"안 될 게 뭐야?" 하고 보초가 약을 올렸지만 말문이 막힌 레오는 으르렁거리기만 했다. 잠시 뒤에 보초가 말했다.

"너희 붐슈미트 단장이 우리와 대화를 나눌 준비가 되면 그때 음식을 줄 거야. 그때까지는 어림도 없어."

"오, 그러니까 내기를 하자는 거군." 레오가 말했다.

"대장 명령이다." 상대편이 말했다.

"좋아." 레오는 제자리로 돌아와 프레지날드 옆에 누웠다. "이 기회를 최대한 이용해야 할 것 같아. 절대로 놈들을 자극해서는 안 돼. 그런데, 프레지, 네 목소리는 어때? 노래할 수 있겠어?"

"내가 대단한 가수는 아니지만, 틀리지는 않을 수 있을 것 같아." 아기 곰이 대답했다.

"흠." 레오가 잠시 생각에 잠겼다. "그러면 놈들도 아는 '조지아 행진곡'을 부르자. 네가 높은 음을 내."

노래는 꽤나 멋있었지만 레오의 목소리는 노래보다는 저 멀리 떨어져 있는 친구를 부르는 데 더 적합했다. 그리고 대부분의 곰들이 그렇듯이, 프레지날드의 목소리도 형편없었다. 어쩌면 강도들이 토해 내는 분노의 아우성이 사실은 그들이 부르는 노래에 대한 불만인지도 몰랐다. 정말 그들의 노래는 끔찍했다. 결국 강도들의 신경을 자극하는 것이 아무리 즐거워도 프레지날드는 첫 곡을 끝으로 노래 부르기를 그만두었다.

8. 붐슈미트 아저씨의 동물 구출 작전

그날 밤은 무사히 지나갔다. 프레지날드는 도저히 잠을 이룰 수가 없었다. 배도 고픈데다 붐슈미트 아저씨가 자신을 무사히 구출해 주지 못하면 어떻게 하나 하는 걱정이 컸다. 밤새도록 농가 안팎에서는 술렁거리고 부산하게 움직이는 소리가 끊이지 않았다. 동물들이 이리저리 움직였고, 무거운 물건들을 옮겨다 현관문에 바리케이드를 치는 작업이 계속되었다.

새벽 햇살이 유리창에 부서지기 시작할 무렵 레오가 고개를 들었다.

"프레지날드, 잘 들어 봐." 레오가 말했다.

비록 희미하긴 했지만 아주 멀리서 규칙적으로 쿵쿵쿵 하고 북 치는 소리가 들렸다. 그 소리는 시간이 지날수록 점점 가깝게 느껴졌다.

"북소리다!" 프레지날드가 외쳤다.

"친구들이 행진해 오고 있어!" 레오도 흥분했다. "이쪽으로 오고 있다고. 이봐, 큰 싸움이 한판 벌어지겠는걸. 나도 한몫 거들고 싶은데 말야. 하지만 저 보초들을 어떻게 따돌려야 할지 모르겠어."

그들은 북쪽으로 난 창으로 다가가 밖을 내다보았다. 하지만 아무것도 보이지 않았다. 창문 바로 아래쪽 헛간 마당은 텅 빈 채 새벽 안개만 자욱하게 깔려 있었다. 바람 한 점 불어오지 않는지 그 너머 숲 속의 나무들은 꼼짝도 하지 않았다. 집 안은 쥐 죽은 듯 조용했다.

날이 밝아 오면서 북소리도 점점 커졌다. 새들은 흥분해서 지붕과 숲 속을 팔랑거리며 날아다녔다. 그러나 강도들이 잠복해 있는 곳은 여전히 조용했다. 계단 쪽에는 여전히 보초들이 자리를 지키고 있었다. 이번에는 창문 쪽으로 가 보았다. 쿵쿵 하는 북소리와 행진하는 발자국 소리가 또렷하게 들렸다. 레오는 가만히 앉아 기다릴 수가 없었다.

아기곰 프레지날드

"어디쯤 왔을까? 보였으면 좋겠는데. 지금쯤이면 이곳으로 향하는 길에 막 접어들었을 거야."

나팔이 크게 두 번 울리더니 북소리가 그쳤다. 그리고 잠시 동안 정적이 흘렀다. 바로 그때 프레지날드와 레오에게 싸움을 걸어 왔던 말이 덤불을 헤치며 나왔다. 뒤이어 빌 옹크가 후버 아저씨 위에 올라탄 채 흰 깃발을 들고 나타났다.

"세상에!" 레오가 입을 열었다. "단장님이 보내셨나 봐! 그런데 성질도 급하시지. 벌써 휴전을 요구하는 깃발을 내보내시네."

안개가 자욱한 이른 아침 햇살을 받으며 말 위에 앉아 있는 빌의 모습은 정말로 군인 그 자체였다. 그는 털이 달린 높은 모자에다

몸에 착 달라붙은 채 치렁치렁 늘어진 코트를 입고 있었다. 프레지날드는 그 옷이 낯설지 않았다. 링 묘기의 대가인 블로제트 씨의 옷과 똑같았기 때문이다. 블로제트 씨는 로즈 양과 함께 말타기 묘기를 할 때 그 옷을 입었다.

곧 농가 뒤에서 황소가 나타나더니 빌과 이야기를 나누었다. 그러나 너무 멀리 떨어져 있었기 때문에 프레지날드와 레오는 그들의 대화를 들을 수 없었다.

잠시 후, 황소가 무척 화를 내더니 발로 땅을 긁으면서 사정없이 뿔을 흔들어 댔다. 그리고 잠깐 동안 말다툼을 벌인 뒤 빌은 공손하게 인사를 하고 말을 몰아 다시 덤불 속으로 사라졌다. 곧이어 황소도 고개를 돌리더니 무거운 발걸음으로 농가의 모퉁이를 돌아갔다.

또다시 정적이 흘렀다. 하지만 어느 순간 헛간 마당의 안개가 서서히 걷히더니 햇볕이 따스하게 비쳤다. 바로 그때 숲 속에서 나팔 소리가 울리더니 작은 북소리가 뒤를 이었다. 쿵쿵 하고 두 번의 큰북 소리가 울렸다가 멈추었다. 이어서 낭랑한 금관 악기 소리와 함께 프레지날드가 작곡한 행진곡을 연주하는 밴드가 몰려나왔다. 쿵쿵 하고 북이 울리고, 나뭇가지가 부러지는 소리와 함께 약 50여 마리의 동물들이 입을 모아 부르는 노래가 아침의 정적을 가르고 농장에 울려 퍼졌다.

아기곰 프레지날드

빨갛고 노란 마차들이 거리를 달려 내려오네

그들은 바로 붐슈미트 서커스단, 쿵, 쿵, 쿵

고함 소리 음악 소리 그리고 행진하는 발자국 소리

그들은 바로 붐슈미트 서커스단, 쿵, 쿵, 쿵

빠라빠라 하는 코넷(악기의 한 종류 - 역주) 소리와

낑낑거리는 양현(북 한가운데 댄 줄 - 역주) 소리를 들어 보라

비명을 지르듯 소름끼치는 파이프 소리와 트롬본의 울림을

그리고 여기 사자와 호랑이와 곰들도 나타났네

붐슈미트 서커스단과 함께, 쿵!

또 여기 순록과 캥거루들과 낙타들

그리고 얼룩 영양, 제부(등에 혹이 있는 소 - 역주), 얼룩말들 그리고

야크(중앙아시아에 사는 털이 긴 소 - 역주)들

하마와 코뿔소들이 나가신다

그리고 여기 덩치 큰 회색 코끼리가 등에 짐을 지고 나타났네

쿵 ― 서두르자! 입구에서 표를 사자

쿵 ― 분홍빛 레모네이드를 챙기자, 껌도 잊지 말고

쿵 ― 땅콩과 팝콘과 막대 사탕을 손에 들고

쿵 — 붐 아저씨, 저기 붐슈미트 아저씨가 오시네.

노랫소리는 더 가깝고 크게 느껴졌다. 잠시 후 벽처럼 둘러져 있던 나뭇잎들이 흔들리더니 구경꾼들 쪽으로 구부러졌다. 그러더니 그 속에서 갑자기 회색 물체 세 개가 불쑥 튀어나왔다! 덩치 큰 코끼리들이었다! 천천히 걸어오는 코끼리들의 힘찬 발걸음에 나무와 덤불이 마치 종잇장처럼 쓸려 나갔다. 그런 방법으로 코끼리들은 다른 동물들이 편하게 걸을 수 있게 길을 만들어 주었다. 그중 가운데 있는 코끼리는 비록 나이는 많았지만 몸집이 아주 큰 걸로 유명한 한니발로, 어금니가 무려 1미터가 넘었다. 그 위에는 붐슈미트 아저씨가 앉아 계셨다. 아저씨는 여전히 모자를 뒤통수에 올려놓은 채 마치 노래를 부르듯 입을 O자 모양으로 동그랗게 벌리고 있었다. 다른 두 마리 코끼리가 등에 지고 있는 짐에는 원숭이들이 가득 들어 있었다. 그 왼쪽으로도 자그마한 코끼리 머리가 하나 보였는데, 프레지날드는 그것이 루이즈라는 것을 금방 알아차렸다.

코끼리들은 곧장 농가로 향했다. 뒤를 이어서 나머지 서커스 단원들의 모습도 보이기 시작했다. 코끼리들을 따라 허물어진 벽을 통과한 단원들은 일제히 흩어졌다. 코끼리들 옆에는 코뿔소 제리도 보였는데, 그 옆으로 사자와 호랑이, 표범들이 모여 있었고, 블

아기곰 프레지날드

로드제트 아저씨가 지휘하는 정찰대도 보였다. 오른쪽에는 악어 두 마리와 타조 오스카, 코뿔소, 빌 아저씨를 비롯한 다른 사람들이 장대로 무장을 하고 있었다. 서커스단은 이렇게 코끼리들을 앞세워 행진해 오고 있었다.

"분명 유스타스도 저기에 있을 거야." 레오가 말했다. "체구가 작기는 하지만, 싸움판을 그냥 지나칠 리가 없지. 아이 참, 우리도 한몫 거들어야 하는데."

"뒤쪽 마룻바닥을 보면 조금 삐걱거리는 데가 있어." 프레지날드가 말했다. "그 나무판을 들어올릴 수 있는지 한번 보자."

창문을 등지고 반대편으로 향하던 그는 갑자기 터져 나온 울음소리와 땅을 울리는 발 말굽 소리에 깜짝 놀라 다시 창문가로 갔다. 한때 그들이 갇혀 있던 헛간에서 수많은 암소 떼들이 우르르 쏟아져 나와 황소의 지휘하에 침입자들을 저지하고 있었다. 그들은 오스카와 악어들이 지키고 있던 오른쪽을 공격했다. 그러나 악어들은 꼼짝도 하지 않은 채 몸을 땅바닥에 붙이고 때를 기다렸다가, 적의 행렬이 지나가자 비로소 그들을 물어뜯기 위해 고개를 쳐들었다. 빌 아저씨는 거칠어 보이는 암소와 한참 힘 싸움을 벌이더니 농가를 향해 암소를 밀어붙이기 시작했다. 그러나 오스카와 몇몇 사람들은 이미 숲 속으로 내동댕이쳐진 상태였다.

코끼리들이 구멍난 대열을 채우기 위해 재빨리 왼쪽으로 이동하자, 붐슈미트 아저씨는 코뿔소를 향해 손을 흔들었다. "앞문을 부숴라." 아저씨가 외쳤다. 제리는 힘차게 출발하기 위해 숲이 시작되는 곳까지 뒷걸음질을 쳤다. 그러더니 앞발로 땅을 두 번 긁고는 마치 검은색 망치처럼 문을 향해 돌진했다. 이런 제리의 모습에 양쪽은 싸움을 멈추고 그 광경을 지켜보았다. 나이 든 황소는 목청껏 울음을 토해 냈다. 문 뒤쪽에 무거운 가구들과 곡식 마대로 바리케이드가 쳐져 있어서 아무리 힘이 센 코뿔소라 해도 결코 통과할 수 없었기 때문이다.

사실, 제리는 다른 코뿔소들에 비해 현명한 편이 아니었다. 아니, 솔직히 말하자면 똑똑한 것과는 거리가 멀었다. 가장 큰 이유는 시력이 좋지 않아서 문이 어디 있는지를 정확한 위치를 파악하지 못했기 때문이고, 두 번째는 돌진을 할 때 눈에 먼지가 들어가는 것을 막기 위해 항상 두 눈을 질끈 감는 버릇이 있어서였다. 그 덕분에 제리는 간발의 차이로 기둥을 비껴 가 머리에 커다란 부상을 입지 않을 수 있었다. 그가 공격한 곳은 문에서 왼쪽으로 1미터 정도 떨어진 지점으로, 다행히 그곳에는 바리케이드가 쳐져 있지 않았다. 와장창 하고 부서지는 소리와 함께 그는 벽을 뚫는 데 데 성공했다.

그러나 제리는 거기서 그치지 않고 현관을 지나 식당을 거쳐 부엌까지 계속 내달았다. 그 바람에 칸막이 벽에 두 개의 큰 구멍이

아기곰 프레지날드

생겼다. 하지만 제리는 멈추지 않고 계속해서 돌진하여 집을 완전히 관통하여 반대편 숲 속으로 사라졌다. 그 때문에 부엌 뒷담에도 커다란 구멍이 생겼다.

그러는 동안 레오와 프레지날드는 이빨과 앞발을 이용해 다락방 마룻바닥에 놓여 있던 낡은 판자 몇 장을 들어냈다. 그러자 아래쪽 대들보 사이로 판자가 하나 보였고, 그 밑으로 회반죽으로 만든 천장이 보였다.

"여기서 뛰어내려야 해." 프레지날드가 말했다. "우리가 천장에 구멍을 내려고 하면 보초들이 그 소리를 들을 거야. 놈들은 아주 예리하고 무서운 뿔을 갖고 있잖아."

"그래 맞아." 레오도 동의했다. "준비됐지? 그럼 가자."

둘은 눈을 꼭 감고 뛰어내렸다. 뿌지직 하고 판자 부서지는 소리가 울렸지만 보초들은 난간에 기대어 제리를 구경하는 데 정신이 팔려 그 소리를 듣지 못했다. 프레지날드와 레오가 보초들을 잡아서 계단 아래로 확 밀치자 보초들은 계단 위로 떼굴떼굴 굴렀다. 콧속에 들어간 회반죽 가루 때문에 바닥에 주저앉아서도 재채기를 하느라 정신 없었다.

하지만 이렇게 노력했음에도 불구하고 별 소득이 없었다. 아래층에 있는 거실에는 아직도 적들이 우글거렸다. 집을 관통하는 제리를 막으려던 염소는 베개를 베고 구석에 누워 있었고, 나머지 동물들은 모두 제정신이 아니었다. 레오와 프레지날드는 두 번이나 계단을 내려가려고 시도해 보았지만, 격렬한 몸싸움만 했을 뿐 결국 뒷걸음질치고 말았다. 결국 개들이 뒷계단을 통해 올라오는 바람에 프레지날드와 레오는 현관 맞은편에 있는 얀시의 침실로 쓰던 방으로 쫓기게 되었다.

"어쨌든, 여기선 상황이 어떻게 돌아가는지 알 수 있겠다. 계단 위에서는 통 볼 수가 없었잖아." 하고 레오가 말했다. 결국 그들은 서랍이 달린 책상으로 출입문을 막아 놓고 창문 쪽으로 갔다.

황소는 전열을 가다듬은 뒤 다시 농가 근처에 자리를 잡았다. 몇몇 암소들은 무리에서 이탈해 숲 속으로 달아난 상태였고, 악어들과 빌 아저씨 때문에 다른 몇몇은 제 역할을 할 수 없게 되었다. 오스카는 소들을 추격하고 발로 차는 난타전에서 발가락을 삐는 심각한 부상을 입기도 했다. 마부인 기싱 아저씨도 황소 뿔에 받혀 나무 위로 날아간 뒤로는 내려오려고 하지 않았다.

잠시 휴전 상태가 지속되었다. 황소는 또 다시 공격을 재개하는 것을 망설였고, 붐슈미트 아저씨 역시 코끼리들을 출동시킬 마음이 나지 않았다. 이렇게 양쪽 모두 가쁜 숨을 고르고 있을 때 갑자기 꽝꽝 하는 소리와 함께 무언가가 와르르 무너지는 소리가 들려왔다. 그것은 다름 아니 제리였다. 정신 없이 앞만 보고 달려가던 제리는 약 1킬로미터쯤을 달린 뒤에야 자신이 집을 관통해서 계속

달리고 있다는 사실을 깨달았다. 그동안 계속 눈을 감고 있었기 때문에 미처 그 사실을 깨닫지 못했던 것이다. 가던 길을 되돌아 온 제리가 붐슈미트 아저씨에게 물었다.

"단장님, 저 어땠어요?"

"잘했다, 제리, 정말 잘했어." 붐슈미트 아저씨가 제리를 칭찬했다. "한니발, 제리 참 잘했지?"

"그럼 제가 또 구멍을 만들까요?"

"글쎄, 네가 그러고 싶다면야." 붐슈미트 아저씨가 말했다. "하지만 네 머리가 아픈 걸 더 이상 보고 싶지 않구나. 그러면 내 머리도 아픈 것 같거든."

"푸!" 제리가 말했다. "저건 아주 형편없이 낡은 집이에요! 저 정도는 거뜬히 해치울 수 있다고요."

"단장님, 제리는 하나도 아프지 않은가 봐요." 한니발이 놀라서 말했다.

"그렇다니까!" 코뿔소가 잘난 척했다. 그러더니 잠시 후 다시 "정말 그래!" 하고 다시 강조했다.

코뿔소들은 재치와는 거리가 멀다. 매우 둔하기 때문이다. 만약 제리가 한 30분 정도만 그 문제에 대해 생각해 보았어도 뭔가 기발한 대답을 내놓을 수 있었을 것이다.

한니발은 코로 코뿔소의 등을 톡 쳤다. "미안해." 한니발이 사과했다. "내 뜻은 그게 아니었어. 자, 그럼 이번에는 내가 목표를 정해 줄게. 저기 있는 기둥에 부딪치면 무척 아플 텐데 괜찮겠니?"

이렇게 한니발은 제리에게 새로운 목표를 정해 주었고, "하나, 둘, 셋 출발!" 하는 구령까지 불러 주었다. 그 말에 제리는 마치 증기선처럼 씩씩 숨을 내쉬더니 다시 돌진했다. 또 다시 네 번의 쿵 하는 소리가 울려 퍼졌다. 우지끈하고 무언가가 쪼개지는 소리가 나더니 농가 한 귀퉁이가 아래쪽으로 기울기 시작했다.

이 소리에 황소가 두 진영 사이에 있는 공터로 나와 크게 외쳤

아기곰 프레지날드

다. "겁도 없이 우리 농가를 기울게 만들다니. 정말 이대로는 가만히 있을 수 없다. 너희 중에 아무 놈이나 내보내. 내가 상대해 주지. 만약 내가 이기면 우리 중위를 돌려주고 순순히 돌아가라. 하지만 내가 지면 그때는 사자와 곰을 내 주마. 너희가 원하는 게 이거지? 그렇지?"

"그게 무슨 소리야?" 붐슈미트 아저씨가 말했다. "그럼 너는 아직까지 몰랐단 말야? 세상에, 한니발, 도대체 놈은 우리가 왜 이곳까지 왔는지 모르고 있었단 말야?"

"아니, 아니." 황소가 참지 못하고 끼여들었다. "물론 너희가 여기에 온 목적은 잘 알고 있다. 하지만 너희는 아직 내 질문에 대답하지 않았어."

"다 알면서 왜 묻는 거지?" 붐슈미트가 물었다. "더 이상 서로에게 어리석은 질문을 할 필요가 있을까?"

황소는 화가 난 듯 으르렁거렸다. 바로 그때 한니발이 "제가 싸우겠습니다." 하고 나섰다.

그러나 붐슈미트 아저씨는 허락을 하지 않았다. "안 돼, 한니발. 이건 옳지 않아. 너는 저 황소에 비해 너무 커."

"하지만 레오와 프레지날드를 가둔 저 황소는 옳지 않아요."

"네 말이 맞다." 붐슈미트 아저씨가 인정했다. "그래, 틀린 말은 아니야! 그렇다면…… 한니발, 너 대신 제리가 싸우게 하면 어떨

붐슈미트 아저씨의 동물 구출 작전   121

까? 물론 제리가 그러고 싶다면 말이야."

"좋아요." 한니발이 동의했다. "제리가 제대로 한방 먹인다면, 저 늙은 강도는 멕시코 만 한가운데에 나가떨어질 거예요."

"글쎄, 거기가 어딘지는 모르겠는데." 아저씨가 말했다. "아마 너도 모르기는 마찬가지겠지만. 그럼 우리 그곳이 어디에 있는지 한번 알아볼까? 루이즈, 너는 지리를 잘 알고 있지? 도대체 멕시코 만이 어디 있는 거니?"

그러나 루이즈가 미처 대답하기도 전에 한니발이 끼여들었다. "그것보다는 제리가 어디에 있는지 알아내는 것이 더 중요하지 않을까요? 그런 다음 저 황소를 겨냥해서 달리도록 해야 해요, 안 그래요, 단장님?"

바로 그때 또 다시 꽝, 꽝, 꽝 하는 굉음이 들렸다. 그러더니 회반죽 가루를 날리며 제리가 씩씩거리며 농가 밖으로 걸어나왔다.

잠시 후, 푹 주저앉아 있는 지붕 위 굴뚝이 흔들거리더니 우르르 하는 소리와 함께 벽돌이 무너져 내리기 시작했다.

"제리, 너 저 황소랑 싸워 보겠니?" 붐슈미트 아저씨가 물었다.

"그럼요." 제리는 그제야 비로소 감았던 눈을 뜨면서 말했다. "황소는 어딨죠? 제가 방향을 제대로 잡고 있나요?"

"잠깐만." 동물들이 소리를 질렀다. 그리고 이어서 붐슈미트 아저씨의 말씀이 이어졌다. "그 대신 미리 몇 가지 규칙을 정하자.

그래도 한 가지 문제는 짚고 넘어가야겠구나. 만약 네가 지면 남부 연방에 가입하라는 말도 안 되는 주장도 포기해라. 너희는 남부 연방을 구실 삼아 이웃들에게 도적질을 하는 악당에 불과해. 게다가 이제 남북은 하나의 국가가 되었고, 너희는 지금 미합중국의 법을 위반하고 있어. 법을 준수하고 애국심이 강한 한 시민으로서……."

"좋아요, 좋아." 황소는 성급한 웃음을 터뜨리며 아저씨의 말을 막았다. "그 문제에 대해서는 연설일랑 그만하시지. 그쪽이 이기면 남부 연방은 깨끗이 포기하겠소. 그러니 이제 이야기는 집어치우고 어서 한 판 붙읍시다."

"자신감이 대단한데." 창문 밖으로 고개를 내민 채 불안한 마음으로 결투 준비 과정을 지켜보던 프레지날드가 레오에게 말했다.

"말도 안 되지." 레오는 단호했다. "아마 제리한테 납작 콩이 되어서 바닥에 황소 그림을 그려 놓은 것처럼 쭉 뻗어 버릴걸."

9. 코뿔소 제리, 두목 황소를 이기다

황소는 마당 모서리로 걸어갔다. 한니발은 제리 바로 뒤에 자리를 잡고 서서 한쪽 눈을 감은 채 제리에게 공격 방향에 대해 자세하게 일러주었다. 잠시 후 붐슈미트 아저씨의 "출발!" 구령에 맞춰 두 동물은 고개를 숙인 채 목표물을 향해 질주했다.

구경꾼들은 숨을 죽인 채 두 동물이 머리를 부딪치는 상황을 기대했다. 그러나 충돌 바로 직전에 황소가 옆으로 갑자기 방향을 틀더니 속도를 죽여 마당 한 귀퉁이로 향했다. 그러는 바람에 속도를 늦추지 못한 제리는 숲 속으로 사라졌다.

"겁쟁이!" 서커스단의 동물들이 고함을 질렀다. "어서 일어나서

아기곰 프레지날드

정정당당하게 싸워라!"

그러나 황소는 어깨만 들썩일 뿐 아예 자리를 잡고 앉아서 상대가 되돌아오기만을 기다렸다. 3~4분쯤 지나 제리가 다시 숲 근처에 모습을 드러내자 황소는 자리에서 일어나 한두 걸음 앞으로 나섰다. 그를 발견한 제리는 다시 돌격할 태세를 갖추었다. 그러나 목표 방향에 대한 자세한 설명을 듣지 못한 제리는 황소가 있는 곳과는 전혀 다른 엉뚱한 방향을 향해 내달렸다. 황소는 제리를 향해 달려가는 대신 그 자리에 가만히 서서 제리가 번개처럼 스쳐 지나가는 것을 지켜보았다.

한동안 이런 상황이 반복되었다. 코뿔소는 전속력으로 마당 여기저기를 왔다갔다했고, 황소는 그런 제리를 아주 쉽게 따돌렸다. 제리가 마당 끝까지 달려가면, 결투 장면을 구경하던 서커스단의 동물들은 충돌을 피하기 위해 재빨리 몸을 피해야만 했다. 서커스단의 동물들은 황소를 향해 소리를 지르고 분통을 터뜨렸지만, 황소는 눈 하나 깜짝 하지 않은 채 그들을 향해 투덜거렸다. 강도 일당도 그런 그들을 비웃기 시작했다.

코뿔소의 공격이 여덟 번이나 허탕으로 끝나자, 붐슈미트 아저씨는 은근히 걱정이 되기 시작했다. 제리는 점점 힘을 잃어 가고 있었다. 멀리 떨어진 곳에서도 제리의 가쁜 숨소리를 들을 수 있을 정도였다. 황소는 요리조리 몸을 피하다가 제리가 더 이상 공격할 수 없을 만큼 힘이 없어지면 짠 하고 나타나서 뿔로 위협할 셈인 듯했다.

"아이고." 붐슈미트 아저씨가 걱정을 했다. "이거 보통 일이 아닌데! 한니발, 뭐 좋은 생각 없니? 누구 혹시 다른 의견 있냐고."

하지만 그들은 무기력하게 서로를 쳐다볼 뿐이었다. 그렇게 한참을 안절부절못하던 오스카가 갑자기 소리를 질렀다. "너희들은 모두 둘러서서 이렇게 의논만 하고 있을 거니? 정말 지겨워. 내가 어떻게 해 볼 테니 잘 봐." 그러더니 삔 다리로 절룩거리면서 황소를 향해 달려갔다.

"돌아와, 오스카, 돌아와." 동물들이 오스카를 불렀지만 그는 아랑곳하지 않았다. 오스카는 황소 주위를 빙빙 돌았고, 황소 역시 뿔로 공격을 하기 위해 계속 빙글빙글 돌면서 기회를 엿보았다.

"어서 네 자리로 돌아가." 황소가 말했다. "지금 너, 규칙 위반이다."

"웃기고 있네!" 오스카가 말했다. "그럼 가만히 앉아서 네 계획이 성공하도록 기도나 하라고?" 긴 다리를 이용해 왼쪽 오른쪽 춤을 추던 오스카는 휙 하고 날아가 황소의 턱을 발로 찼다.

원래 타조의 발 공격은 노새만큼이나 강력하다. 갑작스러운 공격에 황소는 머리를 흔들며 큰 소리로 울더니 정신없이 달아났다. 그러나 오스카는 이미 그곳을 떠난 뒤였다.

　강도들은 화가 나서 소리를 질렀는데, 그중 일부는 공격할 태세를 갖추기도 했다.

　"한니발, 우리가 그를 구해 와야 해." 붐슈미트 아저씨의 말에 한니발이 앞으로 나섰다. 그때 타조가 따라 나서는 것을 보고 긴 코를 오스카의 목에 걸어 뒤로 잡아당겼다.

　"이리 와, 멍청아." 한니발이 타일렀다. "이제 제리한테도 싸울 기회를 줘야지."

　오스카는 퉁명스러운 목소리로 불평했다.

　"알았어, 한니발! 하지만 이건 월권 행위야. 어서 날 놓아달란 말야."

　사실 타조에게 그런 것을 설명해 봤자 소용없는 일이었지만, 그러한 사실을 알고 있는 사람은 거의 없었다. 왜냐하면 타조는 정말로 멍청한 데다 다른 사람의 말을 들으려고 하지 않기 때문이다. 오스카는 자신이 결투의 기본 원칙을 깨고 있다는 사실을 깨닫지 못했다. 오스카는 적을 물리친 승리의 영광을 빼앗으려는 — 이건 타조의 생각이었다. — 한니발에게 너무 화가 나서 제정신이 아니었다. 그러나 한니발은 이런 타조의 마음을 알고 있었기 때문에 한 마디도 하지 않은 채 오스카의 목을 꽉 잡고 있었다. 그러는 사이 제리는 천천히 다음 공격을 준비했다.

"점점 기운이 빠지고 있군." 붐슈미트 아저씨가 걱정을 했다. "아, 제발 누가 좋은 생각을 해 냈으면 좋겠는데."

바로 그때 아저씨가 붉은색 체크 손수건을 끼워 놓는 가슴 주머니에서 작은 머리가 쑥 튀어나오더니 "제가 한 마디 해도 될까요?" 하고 물었다.

"유스타스!" 붐슈미트 아저씨는 깜짝 놀랐다. "세상에, 내가 나오지 말라고 했잖니. 넌 너무 어리단 말야. 잘못하면 다쳐요. 안전하게 집에 있는 줄 알았는데."

"단장님도 참. 당연히 제가 와야죠." 하고 유스타스가 말했다. "이런 흥미 있는 구경거리를 절대 놓칠 수 없죠. 새벽부터 주머니 안에 숨어 있었던 걸요. 잘 들어 보세요. 제게 좋은 생각이 있어요."

"좋은 생각이라!" 붐슈미트 아저씨가 흥분했다. "그래, 그랬구나. 한니발, 잘 들어. 유스타스한테 좋은 생각이 있대. 그런데 유스타스, 계속 거기 있으면 안 되지. 나한테 설명을 하려면 말야."

붐슈미트 아저씨의 말에 유스타스는 어깨 위로 올라와 귀에 대고 속삭였다. 유스타스의 이야기를 듣는 동안 걱정에 쌓여 있던 붐슈미트 아저씨의 얼굴이 확 펴지더니 평소처럼 활기차고 밝은 표정으로 바뀌었다. 마침내 아저씨는 무릎을 탁 치면서 "그래, 유스타스 네가 해 낼 줄 알았어!" 하고 감탄을 했다. 그리고는 제리에게 잠깐 기다리라고 한 뒤 한니발의 등에서 내려가 코뿔소 코에 솟아 있는 커다란 뿔에 붉은 체크 무늬 수건을 매달아 주었다. 그리고는 제리의 어깨를 치면서 "좋았어! 이번이 아마 이번이 마지막이 될 거야. 그러니까 힘껏 한방 날려 줘." 하고 말했다. 그리고 제리에게 방향을 일러준 뒤 "출발!"이라고 외쳤다.

코뿔소가 돌진하는 것을 본 황소는 지금까지 그랬던 것처럼 고개를 좌우로 흔들면서 코뿔소를 향해 천천히 걸어갔다. 그런데 가까이 다가가서 보니 붉은색 손수건이 보였다. 황소들은 원래 쉽게 화를 잘 내는 성격인데, 특히 붉은색을 보면 몹시 흥분해서 고개를 숙인 채 막무가내로 달려가는 특성이 있다. 황소는 빨간 손수건이 펄럭이는 것을 보고는 제리를 지치게 만들겠다는 자신의 계획은 까맣게 잊은 듯 소름이 끼칠 만큼 큰 소리로 울부짖었다. 그리고는 머리가 거의 땅에 닿을 정도로 숙이고 발굽으로 땅을 파더니 마치 폭주족처럼 돌진하기 시작했다.

붐슈미트 아저씨에게서 멋지게 한방 날리라는 부탁을 받은 제리도 있는 힘을 다해 달렸다. 원래 코뿔소는 수명도 길고 힘도 매우 세다. 마치 증기기관차처럼 콧김을 내뿜으며 마당을 달려가는 제리의 모습은 마치 무적함대 같았다.

단 1초 만에 모든 상황이 끝났다. 두 동물의 이마와 이마가 서로 부딪치면서 엄청난 충돌이 일어났다. 두 동물이 동시에 공중으로 튀어 올랐고, 결국 황소는 한쪽 뿔에 붉은 손수건을 건 채 공중을 향해 네 다리를 뻗고 땅으로 떨어졌다. 그러나 제리는 머리를 좌우로 흔들면서 마당 주위를 빙빙 돌았다.

서커스단의 동물들은 환호성을 지르면서 마당으로 쏟아져 나왔다. 제리는 붐슈미트 아저씨에게 다가가 "황소는 어떻게 됐어요?" 하고 물었다.

"네가 쓰러뜨렸지." 아저씨가 대답했다. "제리야, 정말 멋졌다. 정확하게 놈의 양 뿔 사이를 들이받았어."

"전 기둥을 박은 줄 알았는데요. 꼭 그런 느낌이 들었거든요." 그러면서 머리를 다시 흔들었다. "아, 또 머리가 아플까 봐 걱정했는데……."

감탄한 동물들이 제리를 에워싸고 축하해 주었다. 강도들 역시 천천히 마당으로 걸어나왔다. 그들에게서는 더 이상 싸우려는 의지를 찾아볼 수 없었다. 대장이 참패하자 그들의 용기도 완전히

두 동물이 동시에 공중으로 튀어 올랐고,
결국 황소는 한쪽 뿔에 붉은 손수건을 건 채 땅으로 떨어졌다.

코뿔소 제리, 두목 황소를 이기다

꺾이고 말았던 것이다.

제리는 황소에게 다가가 슬쩍 옆구리를 찌르며 말했다.

"이봐, 황소. 괜찮아?"

황소가 한쪽 눈을 뜨고 힘없이 물었다.

"여기가 어디야?"

"네 친구들과 함께 있단다." 붐슈미트 아저씨가 대답했다. "친구들과 동료 시민들 말야. 이제 더 이상 남부 연맹은 존재하지 않게 되었어."

황소는 신음 소리를 냈다. "뭐, 뭔가에 부딪쳤는데." 황소가 거의 다 기어들어 가는 목소리로 말했다.

"그게 나였어." 제리가 대답했다. "그런데 도대체 어디에 숨어 있었던 거야? 통 보이지 않던데."

"저리 꺼져." 황소는 이렇게 말하고는 다시 눈을 감았다.

농가에서 레오와 프레지날드가 달려나왔다. 회반죽 먼지 때문에 온몸이 하얗게 변한 그들을 발견한 붐슈미트 아저씨가 손을 높이 흔들었다. "얘들아, 세상에 어쩌다 이런 변을 당했니! 그런데 털이 아주 하얗게 변했구나."

"회반죽 가루 때문이에요." 레오가 대답했다. "흰 사자와 흰곰이라니, 생각만 해도 끔찍해요. 서커스를 보러 오는 손님들한테는 구경거리가 되겠지만요. 자, 프레지, 우리 어서 털자."

프레지날드와 레오가 격렬하게 몸을 흔들자 붐슈미트 아저씨 코로 먼지가 들어갔다. 그 때문에 아저씨는 심하게 재채기를 했다.

재채기가 어느 정도 진정되자 아저씨는 서커스 단원들을 일렬로 세운 다음 농가에 있던 강도들에게 억지로 행군을 시켜 승자에 대한 예의를 갖추게 했다. 서커스단의 밴드가 특별히 딕시(남부를 찬양하는 노래로, 남북 전쟁 때 유행했다 – 역주)를 연주해 주었다. 음악이 나오자 그들은 몹시 좋아했다. 심지어 황소도 비틀비틀 거리는 걸음으로 행렬 맨 앞에서 마당 주위를 돌며 행진했다.

행진이 끝나자 붐슈미트 아저씨는 농가의 현관에 올라가서 미국 국기를 게양한 뒤 이렇게 선포했다.

"위대한 미합중국 대통령과 의회의 이름으로 신성한 이 자리에서 선포하나니, 남부 연방은 완전히 해체되었다. 이에 국가와 의회를 대신하여 전대미문의 대 붐슈미트 서커스단의 책임자이자 주인인 나는 이 농가가 이제 국가의 재산으로 귀속되었음을 선포한다. 따라서 이곳의 거주자들은 미합중국의 시민으로서 앞으로 어떤 제약이나 방해 없이 합법적인 절차에 따라 언제 어디서 어떤 방법으로 거주할 것인지를 자유롭게 선택할 수 있다."

이어서 '별을 뿌려 놓은 깃발(미국의 국가를 말함 – 역주)'이 연주되었고, 강도들은 줄지어 행진하면서 국기에 대한 경례를 표했다. 행사가 모두 끝나자 붐슈미트 아저씨는 용감한 제리와 지혜로운 유스타스에게 상으로 아저씨의 빨간색 체크 무늬 손수건을 주었다. 그런데 유스타스에게 상을 주면서 또 다시 재채기가 터져 나오는 바람에 하마터면 생쥐가 현관 밑으로 나가떨어질 뻔했다. 그것을 제외하면 모든 의식이 경건하게 거행되었다.

황소는 모든 행사가 마음에 드는 모양이었다. 특히 국기가 마음에 들었는지 "만약 얀시 대령이 현관 위에 저 국기가 펄럭이는 것을 보았다면 아마 기절했을 거야."라고 말했다. "하지만 대령은 이미 70년 전에 세상을 떠났으니 그런 일은 결코 일어나지 않을 거야. 저 깃발은 보기에도 좋고, 강한 힘을 느낄 수 있어. 그런데 붐슈미트 씨, 한 가지 걱정이 있어요. 강도질을 하면서 사는 것이 남들이 생각하는 것만큼 그렇게 풍족하지는 않다는 건 저도 인정합니다. 기꺼이 이 생활을 청산할 수도 있고요. 하지만 그렇게 된다면 우리는 앞으로 우리는 뭘 해서 먹고살아야 하나요? 붐슈미트 씨의 서커스단에 우리도 데려가 주시면 안 되나요?"

물론 그것은 붐슈미트 아저씨에게는 지나친 요구였다. 그러나 아저씨는 길을 따라가면 나오는 옆 마을 시장을 만나서 사정을 말해 보겠다고 약속했다. 어쩌면 시장이 그들이 묵을 만한 장소를 제공해 줄 수도 있기 때문이었다.

"뭐, 그러면 되겠군요." 황소가 내키지 않는다는 듯이 말했다. "아시겠지만 이곳 농부들은 저희를 무서워하고 있어요. 사실 저희가 좀 심하게 굴었거든요."

그러자 잠시 생각에 잠겨 있던 붐슈미트 아저씨가 갑자기 소리를 질렀다. "그래, 좋았어. 좋은 생각이 떠올랐다고. 오, 내가 생각해도 정말 기막힌 생각이야! 난 항상 작은 농장을 하나 가졌으면 하고 생각해 왔거든. 그러니까 공연이 없는 기간 동안 머물면서 동물들이 쉬기도 하고, 놀 수도 있는 그런 공간 말이야. 우리 단원들 중에 한두 명 정도가 남아 이곳에서 너희들과 함께 농장을 운영하면 어떨까? 어때? 어떨 것 같아? 레오! 레오 어딨니? 한니발, 네 생각은 어떠니?"

"단장님 어머니를 이곳에 모시고 와도 되겠네요." 하고 한니발이 대답했다. "지난번에 뵀을 때 스키넥터디(미국 뉴욕 주 동부에 위치한 도시의 이름 – 역주)가 지겹다고 하셨거든요."

"하지만 여기서는 어머니가 좋아하시는 영화를 볼 수 없으실 텐데." 붐슈미트 아저씨가 말했다.

"아니에요. 산을 넘어 한 5킬로키터쯤 가면 예어스 코너스라는 곳이 있는데, 거기에 영화관이 있어요." 황소가 끼여들었다. "원하실 때마다 우리가 모셔다 드릴 수 있어요. 아, 정말 근사해요! 아저씨가 그렇게 해 주셨으면 좋겠네요."

"걱정하지 마!" 붐슈미트 아저씨가 자신 있게 말했다. "세상에, 왜 내가 그 생각을 하지 못했지? 한니발, 왜 이제서야 이런 생각이 났냐는 말야?"

"그럼 일단 집을 손봐야겠어요." 코끼리가 말했다.

아저씨는 모자를 뒤로 밀치고 머리를 긁적이면서 말했다.

"그래, 그래, 제리가 집을 완전히 휘저어 놓았지. 좋아, 한니발, 너는 가서 목수를 데리고 오려무나. 그리고 오스카, 너는 빨리 달려가서 마차를 끌고 이리로 오라고 해. 며칠 동안 여기서 야영을 해야겠구나. 세상에, 내가 어떻게 그런 멋진 생각을 했을까!"

아기곰 프레지날드

10. 서커스단 동물들의 멋진 농장

　농장을 손보는 것은 보통 일이 아니었다. 그러나 모든 단원들이 손을 걷어붙이고 달려드니 보름 만에 농장은 몰라보게 깨끗해졌다. 우선 농가의 부서진 곳을 고친 다음 깨끗하게 청소를 하고 집 안팎을 페인트로 칠했다. 그런 다음 가구들을 윤이 날 정도로 깨끗이 닦고, 창문에는 커튼을 달았으며, 현관문에는 '붐슈미트'라고 새긴 청동 문패를 걸었다.

　큰길과 현관문을 잇는 차도를 만들어 가장자리에는 흰색으로 칠한 자갈을 깔았고, 아저씨가 공연을 다니면서 보내는 사진 엽서를 어머니가 받아 보실 수 있도록 '사라 붐슈미트'라고 쓴 우체통도 세워 두었다. 그런 다음 헛간을 손질하여 새로 색을 칠하고, 소와 말이 지낼 수 있는 마구간도 지었다. 뿐만 아니라 돼지들을 위해 현대식 돼지우리를 만들고, 닭들이 지낼 수 있도록 닭장도 만들었다.

일꾼들이 일을 하고 있는 동안, 코끼리들은 지난 70년 동안 아무렇게나 방치되어 있던 땅을 말끔히 손질했다. 나무는 잔가지를 정리해서 나중에 땔감으로 다시 사용할 수 있도록 집 뒤편에 차곡차곡 쌓아두었다. 나머지 동물들은 잡초를 뽑고 식물을 심기 위한 구멍을 파거나 다른 인부들이 하는 일을 도와 심부름을 했다. 이렇게 해서 필요한 작업이 거의 모두 끝이 났다. 모든 작업이 끝이나자 붐슈미트 아저씨는 어머니를 모셔 올 준비를 했다.

붐슈미트 아저씨의 어머니는 5월 5일날 그곳에 도착했다. 할머니가 스키넥터디에서 비행기를 탔다는 말에 서커스단 전체가 할머니를 맞이하기 위해 예어스 코너스까지 마중을 나갔다. 할머니를 집으로 모시고 올 때는 색종이를 뿌리고 음악을 연주하는 시가행진을 벌였다. 그리고 그날 저녁에는 할머니를 환영하는 성대한 집들이 파티를 열었다.

붐슈미트 할머니의 모습은 아저씨와 아주 비슷했다. 작고 동실동실한 몸매에 볼은 통통했는데, 집에 도착하자마자 가장 먼저 창문 앞에 놓인 흔들의자에 앉더니 이렇게 멋진 집이 생긴 것이 너

아기곰 프레지날드

무도 감격스럽다며 눈물을 흘리셨다. 그리고는 부엌으로 가서 그날 밤 있을 파티를 위해 엄청나게 큰 케이크를 18개나 구우셨다. 오븐에서 케이크가 구워지는 동안 할머니는 밖으로 나가시더니 황소를 비롯하여 한때 강도 행세를 했던 동물들과 일일이 악수를 나누면서 앞으로 잘 지내자는 당부의 말씀을 잊지 않았다. 그리고는 집 안으로 들어와 흔들의자에 앉아 다시 울기 시작하셨다. 그런 모습에 당연히 모든 동물이 할머니를 좋아하게 되었다.

다음 날 아침, 야영을 끝낸 서커스 단원들은 차례차례 빨강 마차와 노랑 마차를 타고 보도를 내려가 큰길로 향했다. 강도였던 동물들 가운데 세 마리도 이번 서커스 공연에 동참했다. 그것은 농장에서 일하는 동안 프레지날드가 그들의 재주를 발견했기 때문이었다. 그중에는 재주가 많은 동물들이 상당히 많았다. 특히 물구나무를 설 줄 아는 어린 수탉과 새 흉내를 내는 개, 그리고 요들송을 부르는 암소가 탁월했다.

에드나라는 이름의 암소는 그냥 허밍으로만 노래를 해도 저 멀리 떨어진 곳에서도 들을 수 있을 정도로 목소리가 컸는데, 붐슈미트 아저씨는 그녀가 그랜드 오페라(대가극이라고 하며, 규모가 큰 오페라를 말함 – 역주)에 출연해야 한다고 말씀하셨다.

"도대체 이해가 되지 않는단 말야. 왜 암소가 등장하는 오페라를 쓴 사람이 아직까지 없는 거지." 그러더니 아저씨는 암소에게

아주 유명한 프리마 돈나(가극의 주연 여배우나 인기 가수를 말함 – 역주)인 마담 보비나라는 이름을 지어 주셨다. 보답의 의미로 암소가 밖으로 나와서 요들송을 부를 때 칼리오페(증기로 울리는 건반 악기 – 역주)로 반주를 해 주자 훨씬 듣기가 좋았다.

　한편 힘든 일을 겪고 난 뒤에도 레오와 프레지날드는 여전했다. 전처럼 서커스단이 북쪽으로 향하는 동안 시골길을 돌아다니며 재주를 가지고 있는 동물들을 물색하고 다녔다. 특별한 재주를 가진 동물이 있다는 이야기만 들리면 직접 찾아가서 정말 붐슈미트 아저씨 앞에 데리고 갈 정도의 재주인지를 확인했다. 따뜻한 봄비가 내리거나 봄볕이 화사한 날은 여행을 하기에 더없이 좋아서 저 언덕 마루를 넘거나 이 길을 돌아가면 어떤 새로운 동물을 만날 수 있을까 하는 기대에 마음이 설레였다. 때로는 담벼락에 기댄 채 밭일을 하는 농부와 말들이랑 수다를 떨기도 했으며, 때로는 돈을 내는 대신 노래를 불러 주고 자동차를 얻어 타기도 했다.

가끔은 붐슈미트 아저씨와 동물 악단에 대해 전혀 모르는 사람들을 만나기도 했는데, 그런 경우 그들은 십중팔구 타고 왔던 차를 길 한가운데에 버리고 나무 위로 숨어 버렸다. 만약 여러분이 한적한 시골길을 가다가 사자와 곰을 만난다면 어떻게 하겠는가? 프레지날드와 레오는 길을 가다 사람들을 만나도 마치 아무 일 없다는 듯이 태연하게 가던 길을 계속 걸어갔는데, 그들이 그렇게 지나가고 나면 겁에 질린 농부들은 조심스럽게 차를 타고 전속력으로 도망을 쳤다.

한번은 한 소년이 차에서 내리더니 그들을 향해 총을 쐈다. 다행히도 총알은 그들 사이를 뚫고 먼지만 날렸는데, 어찌된 상황인지 따질 겨를도 없이 레오와 프레지날드는 숲 속으로 몸을 피했다. 소년은 숲 속까지 쫓아와서 나무 사이를 오가며 그들을 찾았다. 그러나 소년보다 숲에 대해 훨씬 잘 알고 있던 그들은 재빨리 숲을 돌아 나와 자동차 뒷좌석 발판 밑으로 몸을 숨겼다. 결국 소년은 그들을 포기한 채 차로 돌아가 운전대 앞에 앉았고, 그때 갑자기 레오가 자리에서 벌떡 일어나 두 손으로 소년의 두 눈을 가린 채 "누구게?" 하고 물었다.

"글쎄" 소년이 대답했다. "목소리는 카스파스 아저씨와 비슷한

레오가 자리에서 일어나 두 손으로 소년의 두 눈을 가린 채 "누구게?" 하고 물었다.

데 손톱은 아저씨보다 짧네. 이 근방에서 이렇게 손톱이 짧은 사람은 엘라 심프슨밖에 없어. 아줌마는 쉬지 않고 손톱을 다듬고 매니큐어를 칠하니까. 목소리는 일부러 아저씨를 흉내낼 수도 있을 테고 말야. 만약 내가 맞히면 나한테 뽀뽀해 줄래?"

"물론이지." 레오가 말했다.

"그러면, 엘라." 소년은 대답을 하고 뒤를 돌아보았다. 순간 소년은 마치 4층에서 떨어지는 듯한 고양이 울음소리를 내더니 몸을 숙여 운전대 밑으로 들어가려고 했다.

그러나 레오는 소년을 뒤로 잡아당기면서 말했다. "이봐, 뽀뽀는 어떻게 하고?"

"이봐 레오, 이제 그만해." 프레지날드가 레오를 말렸다. "애야, 일어나렴. 우리는 너를 해치지 않을 거야."

곰과 사자가 시키는 대로 부들부들 몸을 떨면서 일어나 앉은 소년은 레오의 일장 연설을 들어야 했다. 결국 다시는 사자에게 총을 쏘지 않겠다고 맹세한 뒤에야 겨우 풀려날 수 있었다.

다음 날 연못 근처를 지나던 그들은 "살려주세요! 살려주세요!"라고 외치는 가냘픈 목소리에 가던 길을 멈췄다. 수풀을 헤치고 소리가 들리는 곳으로 가 보니 강둑 위에 작은 녹색 뱀 한 마리가 몸이 꼬인 채 앉아 있었다. 레오와 프레지날드를 발견한 뱀은 울기 시작했다. "흑흑, 난 몰라." 하고 뱀이 흐느꼈다. "이렇게 와 줘서 정말 고마워! 아무도 내 목소리를 듣지 못할 거라고 생각했거든."

"자, 진정해." 레오가 달랬다. "그만 울라니까. 우리가 네 몸을 풀어 줄게. 자, 됐다. 그런데 어쩌다 이렇게 된 거니?"

"개구리를 쫓고 있었는데 그놈이 내 위로 뛰어오르더니 다시 내 밑으로 기어들어 가잖아. 그런데 그놈이 다시 내 몸 위로 뛰어올라오는 거야. 그놈을 계속해서 쫓다 보니 이렇게 됐어. 한번 이렇게 되니까 도저히 펼 수가 없잖아. 정말 고마워. 그런데 어떻게 보답을 해야 할까?"

"그러면 너는 우리가 보는 앞에서 다시 한번 매듭을 만들 수 있니?" 프레지날드가 물었다.

"저, 그건 정말 하기 싫은데. 혼자서는 다시 몸을 풀 수가 없고, 또 몸이 꼬이면 얼마나 기분이 나쁜지 몰라."

"프레지, 그거 좋은 생각이다." 레오가 말했다. "정말 멋진 연기가 될 거야, 안 그래? 야, 뱀, 한번만 다시 해 봐. 우리가 다시 풀어 줄게."

뱀이 다시 울먹거리자 레오가 달랬다. "자, 그만 울고. 꼭 다시 풀어 주겠다고 약속한다니까." 결국 뱀은 자신의 몸을 꼬아 다시 매듭을 지었다. 터져 나오는 울음을 참아 가면서 몸을 꼬는 것은 상당히 힘든 일이었다. 게다가 딸꾹질까지 나와 딸꾹질을 할 때마다 꼬였던 몸이 다시 펴졌다. 그러나 결국 뱀은 해내고 말았다. 레오와 프레지날드는 뱀의 몸을 다시 풀어 준 다음 서커스단으로 데려왔다. 뱀은 곧 인기 스타가 되었다. 뱀은 자신을 부리는 사람 목에 감긴 채 자신의 몸을 꼬아 매듭을 만들었는데, 살아 있는 넥타이로 불리며 대스타가 되었다. 그러나 소심하고 신경질적인 성격이었던 그는, 공연이 끝난 다음 자신의 몸을 다시 풀어 주지 않을까 봐 하는 두려움에 공연 도중 종종 울음을 터뜨리기도 했다. 결국 그는 서커스단을 떠나기로 마음을 정하고는, 곧 은퇴를 했다. 지금은 버팔로(미국 북동부의 도시 – 역주) 근처 늪지대에서 살고 있다고 한다.

붐슈미트 아저씨가 실내 묘기를 할 줄 아는 동물들을 찾고 있다는 소문이 퍼진 뒤로 며칠 동안 엄청나게 많은 동물들이 시험을 보기 위해 아저씨를 찾아왔다. 하지만 진짜 묘기를 갖고 있는 동물은 열에 하나에 불과했다. 그렇다 보니 시험을 본다는 것 자체가 귀찮은 일이 되고 말았다. 대부분은 그저 할 수 있다는 생각만 가지고 서커스단을 찾아왔다. 결국 붐슈미트 아저씨는 매일 오후 공연이 끝날 때쯤 초보 연기자들의 공연 시간을 따로 마련해 주었는데, 동물들은 이때 무대에 서서 자신의 묘기를 뽐냈다. 만약 새로운 동물들의 묘기가 마음에 들면 관중들이 박수를 보낼 것이며, 반응이 없으면 한니발의 긴 코로 무대에 서 있는 동물의 목을 감아 밖으로 끌어내기로 했다. 다행히 대부분의 동물들은 이러한 방식이 공정하다고 생각했고, 관중들의 결정을 기꺼이 받아들였다. 그러나 몇몇 동물들은 항의를 하기도 했다.

한번은 수학 문제를 풀 수 있다고 주장하는 돼지가 보스턴에서 서커스단을 찾아왔다. 그러나 보스턴의 로터리클럽으로부터 일체의 경비를 지원 받아 그곳에 온 돼지가 무대에서 보여 준 것이라곤 분필로 칠판에 몇 개의 부호를 적은 것이 전부였다. 심지어 숫자를 쓸 줄도 몰랐다. 관중들은 야유를 보냈고, 그 소리에 화가 난 돼지는 관중들에게 욕을 해댔다. 그러나 덩치 큰 한니발이 순식간에 그를 밖으로 끌어내서 일은 가뿐하게 처리되었다.

한편 보스턴으로 돌아간 돼지는 그곳에서 자신이 부당한 대접을 받았다고 불평을 했다. 결국 그곳의 로터리클럽은 변호사를 통해 주간 통상 위원회(각 주 사이의 통상 관련 문제를 해결하는 단체 – 역주)에 제소를 하기에 이르렀다. 이 문제로 인해 붐슈미트 아저씨는 얼마 동안 심한 마음 고생을 했다. 마침내 위원회에서 보낸 검사관이 보스턴에 도착하여 로터리클럽이 자격이 없는 돼지를 보냈다는 사실이 밝혀진 뒤에야 일이 해결되었다.

그렇다 보니 초보 연기자가 재주를 뽐내는 시간에 무대에 올랐던 동물들 가운데 실제로 서커스단에 입단한 동물은 몇 되지 않았다. 그리고 그 가운데 대부분이 한동안 서커스단과 함께 생활하다가 결국엔 다시 고향으로 돌아갔다. 그래도 6월이 되자 붐슈미트 아저씨가 이끄는 서커스단은 일 년 전과 비교하여 규모가 두 배나 커졌고, 실력 또한 배로 늘어났다. 최근 들어 아저씨는 행복한 표정만 지었기 때문에, 델핀 아줌마의 말을 빌면, 아저씨를 쳐다보는 것만으로도 기분이 좋아질 지경이라고 했다.

하지만, 불쌍한 붐슈미트 아저씨! 아저씨는 엄청난 시련이 바로 코앞에 닥친 것을 전혀 눈치채지 못했다.

11. 프레지날드, 곰 친구들에게 인정받다

6월이 끝나 가는 어느 날, 서커스단은 힐데일의 작은 마을에 도착했다. 그곳은 바로 일 년 전 프레지날드가 처음 서커스단에 입단한 역사적인 장소이기도 했다. 강가 풀밭 옆에 커다란 텐트를 치고, 그 주변으로 작은 텐트들이 자리를 잡았다. 그 모습은 마치 어마어마하게 큰 버섯을 중심으로 덩치 큰 아이들이 옹기종기 모여 있는 것 같았다. 그러나 프레지날드는 텐트를 세우는 일에는 아랑곳하지 않고, 레오와 루이즈와 함께 강을 건너 숲 속으로 향했다. 붐슈미트 아저씨에게 친구들과 함께 가족을 방문해도 좋다는 허락을 받았기 때문이었다.

가족이 살고 있는 동굴에 도착했을 때, 마침 프레지날드의 엄마 아빠는 외출을 하고 없었다. 레오와 프레지날드는 동굴 안으로 들

아기곰 프레지날드

어갔고, 루이즈는 밖에 드러누워 겨우 얼굴만 문 안쪽으로 집어넣은 채 프레지날드의 엄마 아빠를 기다렸다. 프레지날드가 친구들에게 자신이 가지고 놀던 장난감을 보여 주고 있을 때 갑자기 문밖에서 시끄러운 소리가 들리더니 캬 하는 비명 소리와 함께 루이즈의 얼굴이 동굴 밖으로 사라졌다. 놀라서 문을 밀치고 뛰어나간 프레지날드는 다시 한번 막대기로 루이즈를 치려고 하는 아빠를 발견하고는 크게 소리쳤다. "아빠, 하지 마세요! 아빠!"

"루이즈!" 아들을 발견한 엄마 곰과 아빠 곰은 울음을 터뜨리면서 아들에게 와락 달려들어 키스를 퍼부었다.

잠시 후 프레지날드는 부모님께 친구들을 소개했고, 아빠 곰은 루이즈를 때린 것에 대해 사과했다.

"물론" 아빠 곰이 말했다. "우리 아들 친구인지 모르고 그랬지. 집에 도착해 보니 어떤 낯선 동물이 얼굴을 문에 박은 채 바닥에 드러누워 있잖아. 너희들도 아마 내 입장이었다면 똑같이 했을 걸."

"그럼요." 루이즈가 맞장구를 쳤다. "하나도 아프지 않았어요. 그냥 조금 뜰 정도였죠."

"얘야, 어쨌든 미안하다." 엄마도 사과를 했다. "그런데 우리가 아직 네 이름도 모르고 있는 것 같구나."

"쟤는 루이즈예요. 제 옛날 이름과 똑같아요." 하고 프레지날드가 대답했다. 그리고는 부모님께 어떻게 해서 자신의 이름이 바뀌게 되었는지를 자세하게 설명했다.

아빠 곰은 새 이름을 무척 마음에 들어 했지만, 엄마 곰은 고개를 내저으며 이렇게 말했다. "하지만 증조 할아버지께서 뭐라고 하실 텐데. 어쨌거나 안으로 들어와서 뭘 좀 먹지 않겠니?"

프레지날드와 엄마 아빠, 레오는 모두 집 안으로 들어갔다. 그러나 루이즈는 이번에도 얼굴만 들이밀었다. 프레지날드의 엄마는 갓 따 온 신선한 꿀을 내왔고, 프레지날드는 서커스단에서의 생활과 그동안 일어났던 일들을 모두 들려드렸다. 한참 이야기가 무르익고 있을 때, 갑자기 또 루이즈가 비명을 질렀다.

깜짝 놀라 다들 밖으로 뛰어나가 보니 프레지날드의 옛 친구가 엄마와 함께 와 있었다. 친구 곰은 또 다시 돌을 집어 루이즈를 향해 막 던지려다가 프레지날드를 발견하고는 돌을 내려놓았다. 친구의 엄마도 깜짝 놀라며 "어머나 세상에, 이게 누구야! 루이즈 아니니? 도대체 언제 돌아온 거니?" 하고 물었다.

"오늘요." 프레지날드가 대답했다. "그런데 전 이제 루이즈가 아니에요. 프레지날드로 이름을 바꾸었어요. 그리고 브루노, 얘는 내 친구니까 돌을 던지지 마."

브루노는 루이즈에게 거지인 줄 잘못 알고 그랬다며 사과했다. 이렇게 그들이 이야기를 나누고 있는 사이에 또 다른 친구들이 프

레지날드를 찾아왔다. 친구들은 모두 그를 루이즈라고 불렀다. 이름이 바뀌었다고 아무리 설명을 해도 친구들은 웃으면서 "그래도 우리에게는 영원히 루이즈야."라고 했다. 한 친구는 "그래, 너한테는 루이즈가 딱이야. 굳이 남자 이름을 가지려고 하지 않아도 되는데." 라고 말했다. 이렇게 친구들은 옛날처럼 또 프레지날드를 놀리기 시작했다.

그러나 일 년 동안 서커스단에서 생활한 프레지날드는 이제 더이상 집을 떠날 때의 그 소심한 아기 곰이 아니었다. "야, 댄." 프레지날드가 방금 자신을 놀리던 친구를 불렀다. "너는 항상 내 이름을 가지고 나를 놀렸었지? 그래, 정 그러고 싶다면 계속 놀려도 좋아. 하지만 네가 나를 루이즈라고 부를 때마다 나도 너를 메이벌(여자 이름으로 멥의 애칭 – 역주)이라고 불러 주지. 원한다면 루이즈라는 이름이 나한테 어울리는 것보다 메이벌이라는 이름이 너한테 훨씬 잘 어울린다는 것을 증명해 보일 수도 있어."

"어머 애 좀 봐, 루이 아니 프레지날드." 하고 엄마 곰이 말을 막았다. "너 옛날에는 아주 착했는데. 아무래도 서커스가 너를 망쳐 놓은 것 같구나."

"그냥 내버려두세요." 레오가 프레지날드의 편을 들었다. "프레지날드가 잘 해결할 테니 걱정 마세요. 설마 아드님이 평생토록 겁쟁이라는 말을 듣기를 원하시는 건 아니죠?"

"뭐?" 댄이 한 걸음 앞으로 나서면서 말했다. "그러니까 나를 메이벌이라고 부르시겠다, 지금 그 말이야?"

"응, 그래, 메이벌." 프레지날드도 지지 않았다.

"너 지금 뭐라고 그랬어?" 댄은 잔뜩 화가 난 목소리로 다그치더니 뒷다리로 일어서서 허공을 향해 주먹질을 했다.

"네 이름이 메이벌이라고 했다." 프레지날드가 약을 올렸다.

"뭐라고?" 댄이 다시 물었다.

"너희들 뭘 그렇게 꾸물대고 있는 거냐." 레오가 답답하다는 듯이 끼여들었다. "그렇게 질질 끌지 말고, 빨리 끝내라고! 하루 종일 그러고 있을 거야?"

아기곰 프레지날드

그러나 댄은 그저 프레지날드 주위를 춤을 추듯 빙빙 돌면서 금방이라도 잡아먹을 듯이 으르렁거릴 뿐 조금도 서두르지 않았다.

"댄, 한방 먹여." 브루노가 거들었다. "쟤는 너보다 덩치도 작잖아."

"그래, 아직 꼬맹이라고." 다른 친구들도 합세했다. "뭐가 겁나는 거야?" 친구들이 댄을 비웃었다.

"그러면 너희들 중에 한 명이 주먹을 날려 봐." 댄이 친구들을 향해 말했다.

"우리한테 메이벌이라고 하는 것도 아닌데 뭐." 브루노가 말했다.

"아무도 나를 메이벌이라고 부를 수 없어." 댄은 친구들을 노려보면서 말했다. "그리고 쟤는 그렇게 작지 않아. 덩치가 나만하다고. 그리고 내가 저 녀석을 때리면 저 사자가 가만있지 않을 테니까 저 사자 때문에 참는다. 하지만 너희들 중에 한 명이라도 나를 메이벌이라고 부르면 그땐 가만있지 않을 거야."

"좋아, 메이벌, 이젠 어쩔 거냐?" 브루노가 약을 올렸다.

그 말에 댄은 기다렸다는 듯이 브루노에게 달려들었고, 그곳에 있던 동물들은 모두 댄의 공격이 시작되었다고 생각했다. 그러나 댄은 브루노의 얼굴에 자신의 얼굴을 들이대고 "너, 내가 가만있을 것 같아? 너 저 사자 믿고 지금 맘대로 지껄이는 것 같은데 어디 두고 봐. 혼자 있을 때 내가 본때를 보여 주지. 누가 메이벌인지 알게 해 주겠어." 댄은 프레지날드를 향해 으르렁거렸다. "지금은 네 서커스단 친구들 때문에 이쯤에서 그만두지만, 다음에 너혼자 있을 때는 가만두지 않겠어. 기다려……."

"야, 프레지, 보고만 있을 거야? 혼을 내 줘."

레오가 프레지를 재촉했지만 프레지날드는 그렇게 하지 않았다. 그는 댄이 결코 자신에게 다시는 덤비지 못할 거라는 걸 잘 알고 있었으며, 또 고향에 돌아온 첫날부터 친구와 싸움을 벌이고 싶지도 않았다.

"좋아, 그렇다면" 레오가 말했다. "놈을 좀 가르쳐서 보내야겠어. 그래야 만약 브루노한테 집적거릴 경우 어떻게 되는지 알 테니까. 자, 모두들, 자리에 좀 앉아 주세요."

곰들이 모두 둥그렇게 자리를 잡고 앉자 레오와 프레지날드는 앞으로 나와 몇 차례 주먹을 주고받았다. 물론 레오와 비교하면 형편없었지만 그래도 캥거루에게 여러 번 훈련받은 경험이 있는 프레지날드의 왼팔 공격만큼은 번개처럼 빨랐다. 그들은 아주 멋진 시범 경기를 보여 주었고, 타고난 싸움꾼인 곰들 역시 칭찬을 아끼지 않았다. 시범 경기가 끝나고 살펴보니 댄은 어느 새 줄행랑을 치고 없었다.

"놀라운걸. 이제는 루이즈라고 놀리는 일도 그만둬야 할 것 같

아기곰 프레지날드

아." 브루노가 말했다. "프레지날드, 그동안 내가 겁쟁이라고 놀렸던 것 사과할게."

그러자 다른 곰들 역시 모두 사과를 했다.

친구들이 모두 돌아간 뒤 그들은 다시 동굴로 돌아가려고 했다. 그러나 루이즈는 어차피 안에 들어갈 수 없는 이상 손님이 더 올지 모르니 자신은 밖에 있는 것이 낫겠다고 했다. 그 말에 다른 동물들도 모두 동굴 밖에 있기로 했다.

점심때는 소풍 삼아 동굴 밖에서 점심을 먹었는데, 오후가 되자 더 많은 동물들이 그들을 찾아왔다. 그중에는 사자와 코끼리를 생전 처음 보는 동물들도 있었는데, 레오와 루이즈 주변에 동그랗게 모여 앉아 그들을 칭찬했다. 원래 칭찬에 약한 레오는 그들을 실망시키지 않기 위해 평소보다 더 과장된 행동을 보였다. 그중에는 헨리라는 이름의 어린 토끼도 있었다. 수줍음이 많은 헨리는 한마디도 못한 채 커다란 눈으로 레오를 빤히 쳐다보기만 했다. 그것을 눈치챈 레오가 웃는 얼굴로 "오, 아가야, 너는 무슨 생각을 그렇게 하고 있니?" 하고 물었다.

"저기요." 이렇게 말하면서 헨리는 금방 얼굴이 붉어졌다. 아니 원래 토끼의 얼굴은 흰털로 덮여 있으므로 사실대로 말하자면 얼굴이 붉어진 것은 아니었지만, 얼굴을 붉히는 것처럼 보였기 때문

에 별반 다를 것이 없었다.

"그래?" 레오가 다시 물었다. "무슨 생각을 하고 있는지 말하려고 하는구나?"

"네, 저, 저기요, 제가 아는 어떤 여자애가 있는데요, 그애 머리카락이랑 아저씨 머리카락이랑 색깔이 똑같아요."

"그래?" 레오는 머리카락이 더욱 멋있어 보이도록 의식적으로 고개를 흔들면서 말했다. "겁먹지 말고 네 생각을 좀 더 자신 있게 말해 보렴."

"저기요." 헨리가 말했다. "지금 막 생각난 건데요. 아저씨도 제 친구처럼 매일 빗질을 하면, 그러니까 더 멋있어 보일 것 같아요."

잔뜩 칭찬을 기대하고 있었던 레오는 약간 실망한 듯했다. "음,

그래, 그렇겠구나. 그렇게 하도록 하지."

그 말을 듣고 있던 루이즈가 키득거렸다. 그러나 레오는 자리에서 일어나 헨리는 아예 무시한 채 이렇게 말했다.

"저, 괜찮다면 이곳의 멋진 숲 속을 산책하고 싶은데. 난 오후에는 항상 산책을 하고 낮잠을 자는 습관이 있거든. 조금 있다 올게." 그리고는 어슬렁거리며 밖으로 나갔다.

12. 기분 나쁜 검은 콧수염의 사내

다음 날 아침, 프레지날드와 친구들은 서커스단이 있는 곳을 향해 출발했다. 길도 멀지 않은 데다 날씨까지 화창했으므로 동물들은 가는 길에 힐데일에 들러 음료수도 사 먹고 쇼핑도 하기로 했다. 메인 스트리트는 활기에 넘쳤고, 천과 깃발로 화려하게 장식이 되어 있었다. 이는 서커스단이 마을을 방문할 때마다 시장이 그날을 휴일로 선포했기 때문이었다. 뿐만 아니라 힐데일 팰러스 호텔 옆 큰길에는 '환영 붐슈미트 서커스단'이라고 쓰여진 현수막까지 붙어 있었다.

프레지날드와 레오는 가게에 들어가 음료수를 샀다. 그리고 몸이 커서 가게 안으로 들어오지 못하는 루이즈를 위해 초콜릿과 딸기 음료도 샀다. 레오와 이야기를 나누던 프레지날드는 곧 레오가 자신의 이야기는 듣지 않은 채 마치 꿈을 꾸는 듯한 표정으로 창밖을 응시하고 있다는 것을 알아차렸다. 프레지날드도 창 밖을 내다보았지만 사람들이 둘러서서 루이즈가 음료수를 마시는 것을 구경하는 모습만 보일 뿐 특별히 눈에 띄는 것은 없었다.

"야, 너 뭘 그렇게 골똘히 생각하고 있니?" 프레지날드가 웃으며 물었다.

레오는 그제야 정신이 드는지 씩 웃으면서 말했다. "프레지, 참 재미있는 생각이 떠올랐어. 아까 그 토끼 말야. 저기를 보니까 토끼 생각이 나는데……."

레오는 앞발로 길 반대편을 가리켰다. 그리고는 아무 말도 없이 남은 음료수를 모두 마시고는 밖으로 나갔다. 프레지날드는 상점 주인에게 "붐슈미트 아저씨 이름으로 적어 놓으세요."라고 하고는 친구를 따라 나갔다.

레오는 길을 건너 곧바로 '지 엘리트 뷰티 샵'이라는 가게로 들어갔다. 프레지날드도 잠시 망설이다가 곧 그의 뒤를 따라 가게 안으로 들어갔다. 들어가 보니 레오는 이미 의자에 자리를 잡고 앉아 있었다. 마치 갈기라도 자르려는 듯 목에는 하얀색 천을 두르고 있었고, 아름다운 금발의 여자 종업원이 바쁘게 레오의 머리를 빗질하고 있었다. 프레지날드가 레오에게 말을 걸기도 전에 다

른 종업원이 다가오더니 "무엇을 해 드릴까요?" 하고 물었다.

"아, 쟤는 저를 기다리는 거예요." 레오가 말했다.

"그럼 친구를 기다리시는 동안 발톱 정리를 해 드릴까요?" 여종업원이 물었다. "친구 분께서는 지금 파마를 하고 계신데, 끝나려면 시간이 좀 걸리거든요."

"글쎄, 어떻게 해야 할지……." 프레지날드는 난감했다.

"그래, 프레지, 발톱 정리를 하고 있어." 레오가 권했다.

프레지가 작은 테이블 앞에 앉자 종업원이 그의 발에 매니큐어를 바르기 시작했다. 프레지날드는 매니큐어를 바르는 것을 별로 좋아하지 않았는데, 특히 발톱을 가는 것이 제일 싫었다. 종업원은 일을 하면서 잠시도 쉬지 않고 말을 했다. 특히 서커스단에 대

아기곰 프레지날드

해 관심이 많았는데, 남자 친구가 그날 밤 공연에 자신을 데려 갈 거라고 했다.

"프레지날드 씨, 오늘 그곳에 가면 당신을 만날 수 있겠네요. 정말 붐슈미트 아저씨를 위해서 그 멋진 시를 쓰셨나요? 저도 시간이 나면 언젠가 시를 써야지 하고 생각해 왔었는데. 지금도 그 생각은 변함이 없어요. 사람들은 항상 저에게 편지를 잘 쓴다고 칭찬을 해요. 제가 생각해도 상당히 시적인 표현을 많이 하는 것 같아요. 우리 목사님의 부인이신 윙기츠 부인은 멋진 표현이야말로 가장 품격 높은 예술이라고 하셨어요. 당신도 그렇게 생각하나요?"

프레지날드는 최대한 예의를 갖춰 대답하려고 했지만 그녀는 대답할 틈도 주지 않고 계속해서 떠들었다. 결국 프레지날드는 그녀의 이야기에 더 이상 관심을 두지 않은 채 마음속으로 시를 쓰기 시작했다.

어떤 사람은 전화로 말하고
또 어떤 사람은 홀에서 말한다
어떤 사람은 조용히 말하고
또 어떤 사람은 천천히 말한다
그리고 어떤 사람은 말하고 또 말하고 또 말하고 또 말하고 그러나 정말로 들을 말은 하나도 없다.

그가 여기까지 생각했을 때, 가게 뒤편에서 한 남자가 나왔다. 큰 키에 좋지 않은 인상을 가진 그는 길게 말린 듯한 검은색 콧수염을 하고 있었다. 프레지날드를 발견한 그는 갑자기 걸음을 멈추더니 자세히 들여다본 뒤 이렇게 물었다.

"혹시 붐슈미트 씨 서커스단에 있지 않나요?"

"네, 그런데요." 프레지날드가 대답했다.

"내 그럴 줄 알았다니까." 남자는 친절하게 보이려는 듯 이빨을 드러내며 웃었는데, 그 모습이 오히려 더 무섭게 느껴졌다.

"혹시 전에 날 만난 적 없나유?"

프레지날드는 이 사람이 왜 갑자기 사투리를 쓰는지 이해가 되지 않았다. 여행을 하면서 수많은 시골 사람들을 만나 보았기에, 남자가 아무리 노력해도 시골 사투리와는 전혀 같지 않다는 것을 금방 알 수 있었다.

"없는 것 같은데요." 프레지날드가 대답했다.

남자는 잠시 동안 프레지날드의 얼굴을 바라보더니 자신이 앉아 있던 자리로 돌아가서 누군가의 귀에 대고 속삭이기 시작했다. 잠시 뒤 남자가 다시 나타났다.

"그라면 나는 그만 가봐야 되겠네유." 남자가 프레지날드의 등

아기곰 프레지날드

을 토닥이며 말했다. "쇼가 끝나고 시간이 나면 한번 들러유. 도넛과 우유를 준비해 두었시유. 우리 집에 오려면, 메인 스트리트에서 한 400미터 정도 올라와 핵교가 있는 디서 왼쪽으로 돌면 돼유. 아주 찾기 쉬워유."

"고맙습니다." 프레지날드가 인사를 했다. "그런데 저는 아저씨 이름도 모르는걸요."

"아, 내가 말 안 했능가? 가만 본께 그런 것 같네. 그라니까 내 이름이 뭐냐 하면. 음……?" 그는 잠시 창문 밖을 내다보더니 "에즈라 햄버거를 찾으슈. 그럼 이만 나는 가겠시유."라는 말을 남기고 밖으로 나가 버렸다.

"아무래도 저 아저씨 진짜 이름이 아닌 것 같은데……." 프레지날드가 중얼거렸다. "저길 봐." 그는 길 건너편에 있는 가게의 창문을 가리켰는데, 그곳에는 '마을에서 가장 큰 햄버거 샌드위치'라고 쓰여 있었다. "내 생각엔 갑자기 지어낸 이름 같아."

"저도 처음 보는 얼굴이에요." 여종업원이 별 생각 없이 말을 꺼냈다. "뭐 미용실에 오는 남자들은 그렇게 많지 않으니까요. 그런데 발톱은 무슨 색으로 칠해 드릴까요?"

프레지날드가 별로 칠하고 싶지 않다고 말하자, 종업원은 레오를 살펴보기 위해 자리를 떴다. 사자는 두 눈을 감은 채 의자에 기대어 앉아 있었다. 레오의 머리카락은 갈래갈래 나뉘어져 머리 위

레오의 머리카락은 갈래갈래 나뉘어져 커다란 금속 기계 장치에 연결되어 있었다.

아기곰 프레지날드

에 있는 커다란 금속 기계 장치에 연결되어 있었다. 프레지날드가 레오에게 그 남자 이야기를 해 보았지만 레오는 그를 보지 못한 것 같았다.

"옆자리에서 어떤 남자의 목소리가 들리더군." 레오가 말했다. "머리에 웨이브를 넣고 수염을 말고 있었나 봐. 그러더니 다시 자리로 돌아와서는 종업원에게 자신이 여기서 뭘 했는지 말하지 말라고 속삭이던데. 어디서 많이 들어 본 목소리 같긴 한데. 하지만 내가 아는 사람 중에 햄버거란 이름을 가진 사람은 없거든."

레오의 머리 손질이 끝날 때까지 기다릴 수 없었던 프레지날드는 미용실 밖으로 나왔다. 루이즈는 이미 가고 없었다. 프레지날드는 서커스단이 있는 곳으로 향했다. 반짝이는 발톱이 좀 창피했던 그는 되도록 발톱이 보이지 않게 하면서 걸어갔다. 곰은 고양이와 달리 발을 오므릴 수 없었는데, 그 모습을 본 사람들마다 걸음을 멈추어 서서 "어머나 세상에! 프레지날드, 너 오늘 밤 공연에서 아주 빛이 나겠구나." 하며 칭찬을 아끼지 않았다.

마을을 벗어나면서 사람들의 발걸음이 뜸해지자 프레지날드는 미용실에서 만난 남자가 다시 생각났다. '그는 왜 농부 흉내를 내고 나에게 가짜 이름을 말해 주었을까?', '그리고 그는 왜 미용실에 와서 수염을 손질한다는 것을 다른 사람들에게 비밀로 하려고 했을까?' 길을 걷던 프레지날드는 갑자기 걸음을 멈추었다. 그리고는 발톱에 대한 생각은 까맣게 잊은 채, 어쩌면 델핀 아줌마가 점을 봐 주면서 조심하라고 경고했던 사람이 바로 그 남자가 아닐까 하는 생각이 들었다. 아줌마는 분명 "키가 크고 피부가 까무잡잡한 남자를 조심해. 검은색 수염을 기르고 있군. 문제를 일으킬 위인이야."라고 경고했었다.

프레지날드는 이제 매우 현명한 곰이 되어 있었다. 그는 이제 어떤 문제에 처했을 때 무조건 등을 돌리고 도망치는 것만이 최선이 아니라는 것을 알고 있었다. 오히려 자신의 능력을 최대한 동원해 많은 것을 알아내어 문제에 대비해야 한다고 생각했다. 그렇게 생각한 프레지날드는 발길을 돌려 메인 스트리트로 향했다. 그 남자가 가르쳐 준 대로 학교를 찾은 그는 다시 왼쪽으로 꺾어 작은 골목길로 접어들었다.

물론 거기에 에즈라 햄버거라는 사람이 살고 있을 거라고는 기대하지 않았지만, 그 남자가 그렇게 길을 자세하게 가르쳐 준 데에는 반드시 그럴 만한 이유가 있을 거라고 생각했다. 프레지날드는 눈에 뛰지 않도록 최대한 나무 그림자와 돌담에 몸을 숨긴 채 조심스럽게 걸어갔다. 그때 마침 다람쥐 한 마리가 옆으로 지나갔다. 프레지날드는 그 다람쥐에게 이 근처에 혹시 햄버거라는 이름을 가진 사람이 살고 있냐고 물었다. 그러자 다람쥐는 "아니, 이쪽으로 주욱 가면 아무도 살지 않는 방앗간이 나오는데."라고 대답

아기곰 프레지날드

하고는 작년에 딴 히코리(북아메리카 산 호두나무과 식물 – 역주) 열매를 던지며 "얼레리꼴레리, 발톱 보래요!" 하면서 프레지날드를 놀려 댔다.

가면 갈수록 길은 더욱 험하고 음산해졌다. 프레지날드는 잔뜩 긴장한 채 앞을 향해 계속 걸어갔다. 가면서도 중간중간에 걸음을 멈추고 무슨 소리가 나는지 귀를 쫑긋 세우기를 반복했다.

얼마 지나지 않아 나무들 사이로 연못이 보였다. 그리고 그 옆으로 방앗간으로 보이는 다 쓰러져 가는 회색 건물이 눈에 들어왔다. 그곳에서 프레지날드는 또 다른 무엇을 발견했다. 연못 근처에 서커스단에서 사용하는 마차가 한 대 놓여 있었던 것이다. 이름은 적혀 있지 않고 빨간색과 노란색이 아닌 파란색과 노란색이

칠해져 있다는 점만 빼고는 붐슈미트 아저씨의 마차와 아주 똑같았다. 또한 한쪽 바퀴에는 말이 매여져 있었다. 그리고 문 옆에 놓인 의자 위에는 자신의 이름을 햄버거라고 가르쳐 주었던 바로 그 남자가 앉아 있었다. 그는 손거울을 펴서 자신의 얼굴을 들여다보고 있었다.

프레지날드는 최대한 가까운 곳까지 기어가서 몸을 낮추고 그를 지켜보았다. 남자는 자신만만한 표정을 지어 보이더니, 곧이어 화난 표정과 비꼬는 듯한 표정을 지었다. "정말 멋져! 아주 근사해!" 남자는 거울을 들여다보며 고개를 끄덕였다. 그러더니 이번에는 아주 인자한 표정을 연습했다. 하지만 뜻대로 되지 않았다. 남자는 곧이어 모자를 벗은 다음 조금 전에 지었던 표정들을 다시 지어 보였는데, 스스로 만족하는지 자신에 대한 찬사를 아끼지 않았다. "모르티머, 넌 정말 멋진 놈이다, 아무렴 그렇고 말고." 그러더니 자신의 얼굴을 다시 한번 거울에 비추고는 뒤통수를 보려고 애썼다. 아마도 그는 한 개의 거울로는 자신의 뒤통수를 볼 수 없다는 것을 모르고 있는 것 같았다. 고개를 돌리고 몸을 비틀어도 안되자 결국에는 거울을 머리 위로 든 채 아예 바닥에 엎드려 버렸다. 물론 그래 봤자 아무 소용이 없었다. 자신의 뜻대로 안 되자 그는 벌떡 일어나서 거울을 바닥에 내려놓더니 이를 갈면서 거울을 발로 밟았다. 그것만 보아도 성질이 고약한 사람이라는 것을 쉽게 눈치챌 수 있었다.

한편 프레지날드가 눈치채지 못하는 사이 연못 반대편 나무 뒤에서는 일대 사건이 벌어지고 있었다. 프레지날드도 의문의 사나이를 관찰하며 희미한 호랑이 울음소리를 듣긴 했지만 호랑이들은 모두 공연장에서 쇼를 준비하고 있을 것이었기 때문에 크게 신경 쓰지 않았다. 프레지날드도 저녁에 있을 공연을 위해 빨리 서커스단으로 돌아가야 했다.

프레지날드가 몸을 숨기고 있던 덤불 밖으로 막 걸어 나왔을 때 또 다른 남자가 연못을 지나 그 남자에게로 향했다. 그는 어깨 장식이 달린 파란색 유니폼을 입고 반짝이는 검은색 부츠를 신고 있었는데, 모자 앞부분에는 흰색의 깃털 장식이 달려 있었다. 마차에 다다르자 그는 "해켄메어 씨, 준비가 끝났습니다."라고 보고를 했다.

보고를 받은 남자는 조각난 거울을 한번 더 발로 짓이긴 다음 "럭키, 아직 두 시간 정도 남았잖아. 어쨌든 난 여기에 좀 더 있고 싶어. 붐슈미트 서커스단의 곰 한 마리가 이곳으로 올지 몰라. 쇼가 끝난 뒤에 한번 들르라고 내가 초대를 했거든." 그는 더 이상 사투리를 흉내내지 않고 있었다.

"곰이 왜 올 거라고 생각하시죠?"

"그야 내가 도넛을 준다고 약속했기 때문이지." 해켄메어 씨가 짓궂은 표정을 지어 보이자 두 남자는 함께 웃음을 터뜨렸다.

"곰을 어떻게 하실 건데요?" 럭키가 물었다.

"놈은 내가 수염을 손질하는 것을 보았거든. 소문이 퍼지지 않게 해야 돼. 안 그랬다간 내 꼴이 우스워질 테니까."

"아, 그렇군요. 해켄메어 씨, 정말 대단하십니다." 럭키가 남자에게 아부를 했다. "도대체 누가 도넛으로 동물들을 꼬실 생각을 하겠습니까! 아마 그런 방법으로 지금까지 수백 마리를 꼬셨을 것 같은데요."

"수천 마리지." 해켄메어 씨가 바로잡았다. "놈들은 도넛을 절대로 거부하지 못하지. 그리고 더 재미있는 건, 도넛을 준비하지 않아도 된다는 거야. 그냥 준비하겠다고 말만 하면 돼. 나 역시 한 번도 도넛을 먹은 적이 없는걸. 아니 몇 년 동안 구경도 못했어. 도넛이라면 아주 질색이야. 정말 재미있지 않은가? 럭키. 안 그래?"

"그럼요, 지금까지 제가 들어 본 이야기 중에 최고입니다." 럭키는 더욱 신나게 웃기 시작했다. 아마도 해켄메어 씨의 기분을 맞추느라 애쓰고 있는 것 같았다. 그런 그를 자세히 살피던 해켄메어 씨가 입을 열었다.

"뭐 그렇게까지 재미있을 게 있나. 그렇게 심하게 웃지 않아도 돼. 나는 그냥 좀 독특하다는 것뿐이니까."

"아, 독특하다고요." 진정을 되찾은 럭키가 고개를 흔들며 말했다. "네, 정말 독특해요. 딕의 모자 끈만큼 독특해요."

"이번에는 위험하게 행동하지 않을 거야." 해켄메어 씨가 말했다. "문제는 그 곰이 도넛을 싫어할 수도 있다는 거야. 그래서 만약에 대비해서 페드로를 보냈지."

그들의 대화를 몰래 엿듣고 있던 프레지날드는 이제 해켄메어가 어떤 사람인지 충분히 알았다는 생각이 들었다. 만약 페드로라는 사람이 계속해서 자신을 미행해 왔다면 빨리 이곳을 떠나야 했다. 그러나 그곳을 빠져 나오려고 하는 순간 한 남자와 맞닥뜨리고 말았다.

땅딸막한 체격에 검은머리를 길게 늘어뜨린 그는 마치 인디언처럼 보였다. 손에는 줄이 하나 들려 있었는데, 하나의 매듭을 중심으로 길이가 약 120센티미터 정도 되어 보이는 줄이 세 가닥 늘어져 있었다. 각 줄의 끝에는 꽤나 무거워 보이는 쇠공이 매달려 앞뒤로 천천히 움직이고 있었다. 남자와 마주친 프레지날드는 도망치기 시작했다. 그러자 남자는 팔을 위로 치켜들어 쇠 공을 서너 차례 휘휘 돌린 다음 프레지날드를 향해 던졌다.

정신을 차린 프레지날드는 자신이 땅바닥에 누워 있다는 것을 깨달았다. 하지만 몸부림을 치면 칠수록 몸을 묶고 있는 줄이 더

욱더 몸을 옭아맸다. 모든 것이 소용없었다. 공으로 옆구리를 맞
는 순간 숨이 탁 막히는 것 같았다. 그가 다시 일어서기도 전에 남
자가 달려들더니 그를 꽁꽁 묶어 버렸던 것 같다. 그리고 소름끼
치는 휘파람 소리에 해켄메어 씨와 럭키가 달려왔다.

"자, 아기 곰아." 해켄메어 씨가 그를 내려보며 말했다. "그래 도
넛을 먹으러 왔구나, 그렇지? 내가 재미있는 얘기를 하나 들려줄
까? 유감스럽게도 여기에는 도넛이 없단다. 그러니까 요리사가 도
넛을 만들 때까지 우리가 너를 데리고 있어야 한다는 말이다. 안
그래, 럭키? 도넛이 언제쯤 완성되는지 넌 알고 있을 텐데." 그리
고는 능청맞게 웃었다.

"하하!" 럭키의 웃음소리가 더 커졌다. "그럼요, 당연하죠. 제가
알고 있어요. 하, 하, 하!"

"럭키, 마차를 가져올 때까지 여기 있어." 해켄메어 씨가 말했
다. "라자와 함께 이 녀석을 가두어 버리자. 그럼 조용해질 거야.
가자, 페드로."

"예? 라자와 함께 넣는다고요?" 럭키가 갑자기 정색을 하고 물
었다. "하지만 어떻게……."

"뭐가 어때서?" 해켄메어 씨가 럭키의 말을 가로챘다.

"내가 한 말 들었지?" 해켄메어 씨가 차갑게 말했다. "저 녀석은
라자와 함께 넣을 거야." 그리고는 페드로를 데리고 연못을 향해

걸어갔다.

"그러면 안 되는데." 럭키는 그루터기에 걸터앉아 머리를 가로 저었다. "정말, 그러면 안 되는데."

"뭐가 안 되는데?" 프레지날드가 물었다. "그리고 왜 나를 여기 에 이렇게 묶어 두는 거지? 나는 아무 짓도 하지 않았는데."

"어, 너 말할 줄 아니?" 럭키가 물었다. "아, 그렇지. 동물들도 으르렁거리거나 포효하는 것말고 다른 것도 할 수 있다는 사실을 깜빡했어. 내가 그동안 너무 해켄메어 씨랑만 같이 있어서 말야. 그래, 네가 무슨 잘못을 했겠니. 하지만 너는 해켄메어 씨가 감추 고 싶어하는 사실을 알아버리고 말았어. 그래서 널 이렇게 묶어 두는 거야."

"그러니까 미장원에 가서 머리랑 수염이랑 손질을 한다는 것 말 야?" 프레지날드가 물었다. "그거라면 내가 그걸 비밀로 하면 되 잖아."

"비밀로 하겠다고?" 럭키가 그를 뚫어지게 쳐다보면서 물었다. "그래, 그럴 수 있겠다. 너희 곰들은 원래 정직하니까. 그런데, 음……. 자, 내 얘기를 잘 들어. 그럼 내가 너를 놓아줄 테니 너는 아무한테도 그 사실을 알리지 않겠다고 약속을 해 줘. 절대로 아 무한테도 말하면 안 돼, 알았지?"

"물론 약속하지." 프레지날드가 말했다. "그런데 넌 왜 그러는 거야? 나를 놓아주면 네 입장이 곤란해지지 않아?"

"곤란하다고? 글쎄, 어쩌면 좀 그렇겠지. 하지만 내 걱정은 하지 마. 나는 해켄메어 씨와 아주 친하니까……. 그래, 그건 걱정하지 않아도 돼. 너를 절대로 라자와 함께 두어서는 안 되거든."

"라자가 누군데?" 프레지날드가 물었다.

"호랑이. 물론 네가 호랑이를 무서워하지 않는다는 건 나도 알아. 하지만 라자는 붐슈미트 아저씨네 호랑이들과는 달라. 라자는 아주 성격이 거칠고 못됐어. 해켄메어 씨보다 성질이 더 난폭한 데다 잔인하기까지 하거든. 현관에 깔린 가죽 신세가 되기 싫으면 절대 그놈이랑 같은 우리를 쓰면 안 돼."

"하지만 난 잘 이해되지 않는데." 하고 프레지날드가 말했다. "왜 해켄메어 씨가 호랑이를 가지고 있는 거지?"

"궁금한 게 너무 많다." 럭키는 프레지날드 위에 몸을 숙이고 줄을 풀기 시작했다. "자, 이제 내가 모든 것을 하늘에 맡기고 너를 보내주는 거야. 다른 사람들한테는 네가 도망쳤다고 할게. 하지만 사람들한테는 물론이고 동물, 심지어 곤충들한테도 절대로 비밀을 말하면 안 돼. 내가 생각해도 뭐 그렇게 중요한 일은 아니지만, 해켄메어 씨 같은 사람은 조심하는 게 좋아. 그는 다른 사람들의 웃음거리가 되는 것을 참지 못하거든. 너도 알겠지만 그 사실을 알면 사람들이 얼마나 그를 비웃겠니. 솔직히 말하면, 나는 아저

아기곰 프레지날드

씨가 왜 그렇게 머리랑 수염을 손질하는지 이해가 안 돼. 나는 생머리가 훨씬 좋던데. 하지만 그건 아저씨의 방식이니까……. 아저씨는 항상 미장원으로 달려가시거든. 자, 다 풀었다. 이제 곧장 집으로 가서 진흙을 털어 내. 그리고 잊지 마! 너 나랑 분명히 약속했어."

프레지날드는 비밀을 지키기로 다시 한번 맹세했다. 그리고 럭키에게 고맙다는 말과 함께 언젠가 자신이 도움을 줄 수 있기를 바란다고 말하고는 서둘러 그곳을 떠났다.

13. 붐슈미트 서커스단을 방해하는
검은 사내의 서커스단

　프레지날드가 서커스단이 있는 넓은 들판에 도착했을 때, 사람들이 벌써 천막 입구로 몰려들고 있었다. 동물원의 마차들이 길게 두 줄로 늘어서는 바람에 자연스럽게 생겨난 새 길을 따라 수많은 사람들이 동물들과 잡담을 나누며 걸어가고 있었다. 그런데 프레지날드가 막 그 길에 접어들었을 때 반대편에서 작은 소동이 벌어졌다.

　"무슨 일이야?"

　프레지날드는 분주히 뛰어가는 오스카를 보고 물었다.

"또 그렇고 그런 애들끼리 싸우는 거겠지." 타조가 거만하게 대답했다. "나는 그런 애들한테는 관심 없어."

프레지날드도 사람들이 모여 있는 곳을 향해 걸어갔다. 가 보니 붐슈미트 아저씨가 아주 난처한 얼굴을 하고 서 있었다. 그 옆에는 레오가 당당한 얼굴로 서 있고, 어린 표범은 금방이라도 울음을 터뜨리려는 듯 한손으로 얼굴을 가리고 있었다. 레오는 방금 자신이 한 행동이 당연하다는 듯이 당당한 표정이었다.

붐슈미트 아저씨는 문제가 생길 때마다 레오에게 조언을 구하곤 했는데, 이번에는 레오가 문제를 일으키자 당황한 표정이었다. 그 옆에 있는 표범은 터져 나오는 울음을 참기 힘든 듯 금방이라도 눈물을 쏟아낼 것만 같았다.

"단장님, 제가 설명을 해 드리죠." 레오가 말을 꺼냈다. "저 녀석이 저를 모욕했어요. 그래서 제가 한방 먹인 거고요. 아마 단장님이 제 입장이었더라도 저랑 똑같이 하셨을 거예요."

"아니에요, 난 안 그랬어요." 표범이 반박하고 나섰다. "나는 한 마디도 안 했다고요."

"네가 킥킥거렸잖아." 레오가 말했다.

"레오야, 어떻게 다른 동물이 웃는 것까지 참견하니?" 붐 아저씨가 레오를 나무랐다. "만약 그랬다간 이 세상을 무슨 재미로 살겠니."

"전 쟤가 하루 종일 킥킥거려도 상관없어요. 하지만 나를 보고 킥킥거리는 건 용서할 수 없어요."

"레오, 어떻게 그런 말을 할 수 있지? 저 애가 너를 보고 킥킥거렸다고? 그런 거야?"

"네, 맞아요. 제 말이 바로 그거예요. 어떻게……."

"왜 그럴 수 없다는 거지?" 붐슈미트 아저씨가 괴로운 듯이 물었다. "레오, 넌 나를 아주 난처하게 만드는구나. 오, 프레지날드, 마침 너도 여기 있었구나. 얘, 네가 이 일을 좀 해결해 주렴. 레오는 여기 이 표범이 어떤 것을 하면 안 된다고 하면서 바로 그 자리에서 또 해도 된다고 하는구나. 세상에, 나는 뭐가 뭔지 하나도 모르겠다."

그 말에 레오와 표범이 일제히 떠들기 시작했다.

"단장님, 제 이야기를 들어 보세요. 그러니까 나는 쟤가 그러면 안 된다고 말한 게 아니라……."

"아니에요, 만약 내가 그랬다면……."

"제 말은 그러니까……."

붐슈미트 아저씨가 마침내 손수건을 꺼내 흔들었다.

"조용, 조용! 무슨 소린지 도통 모르겠네. 너희들도 마찬가지일 거야. 그러지 말고 서로 악수하고 화해하렴."

레오와 표범은 못 미더운 듯 서로의 얼굴을 노려보았다. 그러더

아기곰 프레지날드

니 둘이 동시에 또 무언가를 말하려다가 다시 입을 다물었다. 아저씨는 마치 헷갈리는 것처럼 행동하여 당사자들까지 헷갈리게 만들어 그들이 결국 무엇 때문에 싸우고 있는지를 잊어버리게 한 것이다. 결국 레오와 표범은 조심스럽게 악수를 나눈 뒤 서로 반대쪽으로 사라졌다.

　문제를 해결한 프레지날드는 레오와 나란히 걸었다. 사자는 자부심에 가득 찬 표정이었다. 걸음걸이에서도 위엄이 느껴질 정도였는데, 마치 서커스단의 말이 행진을 하는 것처럼 걸을 때마다 앞다리를 높이 쳐들었다. 또 누군가가 말을 걸어오면 목을 꼿꼿이 세운 채 아주 정중하게 인사를 했다. 새로 손질한 갈기가 작은 고리를 이루며 어깨를 덮었는데, 햇빛을 받아 찰랑찰랑 하면서 빛이

났다.

"친구, 그런데 도넛은 얻어먹었어?" 하고 레오가 물었다.

"아니, 구경도 못했어." 프레지날드가 말했다. "햄버거라는 사람도 없었고. 그런데, 레오야, 너 혹시 해켄메어라는 이름 들어 본적 있니?"

"해켄메어?" 레오가 프레지날드를 보고 물었다. "물론이지. 전에 붐슈미트 아저씨와 동업을 하던 사람이야. 그런데 왜?"

"아, 아니야." 프레지날드가 말했다. "아니 그냥 그런 이름을 들어서."

"나야 물론 그 사람을 잘 알고 있지." 레오가 말했다. "키가 크고아주 말랐어. 곱슬거리는 검은색 머리에 기다란 콧수염을 하고 있어. 아주 좋은 분이셔. 우리 단장님과 몇 년 동안 함께 일을 했었거든. 그러다가 두 분이 말다툼을 하시는 바람에 해켄메어 아저씨는 서부로 가서 다시 서커스단을 만들었다고 해. 아마 아직도 그곳에 계실걸."

"붐슈미트 아저씨가 다른 사람과 말다툼을 했다니 믿어지지 않아."

"아, 그게 어떻게 된 거냐면……, 해켄메어 아저씨는 아주 장난이 심한 분이었어. 하루라도 장난을 치지 않는 날이 없을 정도로. 그렇다고 해서 치사한 짓을 한 건 아냐. 절대 그럴 분은 아니거든.

아기곰 프레지날드

그냥 농담한 것이 들통나면 배꼽이 빠지도록 웃는 식이었어. 참, 네가 도넛 얘기를 하니까 생각이 나는데, 사실 아저씨는 도넛을 굉장히 좋아하셔서 언제나 도넛이 들어 있는 커다란 통을 가지고 다니셨어. 그러다가 우리를 만나면 늘 도넛을 꺼내 주셨지. 때로는 통 속에 고무 도넛을 넣어 가지고 다니다가, 누가 고무 도넛을 먹으려고 애쓰는 것을 보면 신나게 웃곤 하시기도 했어. 물론 붐슈미트 아저씨한테도 엄청나게 장난을 쳤지. 예를 들면 사과 파이 침대를 만들거나 뚜껑이 열리면 펑 하고 터지는 사탕 상자를 선물로 주기도 하셨어.

그런데 시간이 흐르면서 그 장난이 좀 심해지셨어. 붐슈미트 아저씨가 처음으로 화를 냈던 때가 생각난다. 누군가 가위로 솔의 끝부분을 조금 잘라 낸다는 것이 그만 아저씨의 침대는 물론이고 옷까지 자르고 말았거든. 그걸 보고 화가 난 단장님이 해켄메어 아저씨에게 달려갔어. 하지만 해켄메어 아저씨는 그런 적이 없다고 오리발을 내밀었어. '이봐, 붐, 나는 절대로 그런 짓은 하지 않아!' 그러자 단장님도 '그래, 나도 자네가 했다고는 생각하지 않았어.' 하고 물러섰지. 하지만 이상하게도 그런 일이 계속 반복되었어. 그러던 어느 날 짐을 챙겨서 다른 마을을 향해 출발하려고 하는 순간 붐슈미트 단장님의 마차가 갑자기 주저앉은 거야. 자세히 조사해 보니 누군가 양쪽 굴대를 톱으로 거의 두 동강을 내 놓았던 거지.

　물론 다치지는 않으셨지만 단장님은 무척이나 화가 나셨어. 무너진 마차에서 기어 나온 단장님은 결국 무슨 일이 벌어졌는지 궁금해서 달려오던 해켄메어 아저씨에게 '이봐 해크, 이번에는 장난이 지나쳤어.' 하고 크게 나무라셨지. 그러나 해켄메어 아저씨는 자신과는 무관한 일이라고 우기면서 자신은 마차 옆에서 한 발자국도 움직이지 않았다고 했어. 그때까지만 해도 단장님은 해켄메어 아저씨의 말을 믿었던 것 같아. 그런데 하필 그때 멘도자라는 곡마단장이 톱과 솔의 끝 부분이랑 가위를 들고 나타난 거야. '이게 다 어디서 난 거지?' 하는 단장님의 물음에 멘도자가 '해켄메어 아저씨 마차 안에서요.' 라고 대답을 하더군.

　일이 그렇게 된 거지. 단장님은 입을 굳게 다문 채 해켄메어 아저씨에게 손짓을 해 보이셨고, 두 사람은 해켄메어 아저씨의 마차로 향했어. 약 한 시간 뒤에 마차에서 내린 해켄메어 아저씨의 손에는 짐 가방이 들려 있었지. 아저씨는 단장님을 보고 '잘 있게, 붐' 하고 인사를 건넸고, 단장님은 손을 뻗어 악수를 하면서 '잘 가게, 해크' 하고 작별 인사를 했어. 그리곤 해켄메어 아저씨는 우리를 떠났어. 그로부터 일 년이 지난 뒤에야 우리는 아저씨가 서부에서 새로운 서커스단을 만드셨고, 붐슈미트 아저씨가 그 비용의 반을 대 주셨다는 사실을 알게 되었지."

이야기를 나누던 레오와 프레지날드는 어느새 가장 큰 텐트 앞에 도착해 있었다. 그들은 그곳에서 잠시 기다리면서 공연의 시작을 알리는 행진을 하기 위해 다른 동물들과 함께 줄을 맞춰 섰다. 프레지날드는 럭키에게 해켄메어 아저씨에 대한 비밀을 지키겠다고 약속한 것이 후회되기 시작했다. 그가 바로 서커스단을 떠났던 바로 그 해켄메어 아저씨라는 게 분명해졌기 때문이었다. 그런데 프레지날드는 아직 이해되지 않는 부분이 있었다. 레오의 말을 빌면, 아저씨는 친절한 분으로, 도넛을 무척 좋아하는 것 같았다. 그러나 미장원에서 만났던 해켄메어는 다른 점은 몰라도 친절과는 거리가 멀었다. 그리고 그는 분명 도넛을 싫어한다고 했다.

프레지날드는 레오와 나란히 서서 다른 동물들이 서로 밀치면서 행진 대열에 들어서는 것을 지켜보면서 그 문제에 대해 곰곰이 생각해 보았다. 한동안 얼룩말 두 마리가 서로 먼저 가라고 양보하는 바람에 대열은 잠시 머뭇거렸다.

잠시 후, 어디선가 들려온 작고 가냘픈 웃음소리에 무심코 뒤를 바라본 프레지날드는 대열 뒤쪽에서 유스타스가 말 등에 앉아 레오의 갈기를 뚫어지게 쳐다보고 있는 것을 발견했다.

레오 역시 웃음소리를 들었는지, 그는 결국 대열을 밀치고 그에게로 다가갔다. "너 지금 나보고 웃는 거야?" 레오가 무서운 얼굴로 생쥐에게 물었다.

그러나 유스타스는 눈 하나 깜짝하지 않고 말했다. "아니, 내가 왜 웃겠니? 네가 뭐 웃긴 짓을 했나 보지?" 하고 되물었다.

"웃지 않는 게 좋을 거라고 말하는 거야." 레오가 말했다.

"그러니까 나보고 웃지 말라는 거군." 생쥐가 심각한 목소리로 말했다. "글쎄, 왜 다짜고짜 그런 말을 하는 거지? 내 생각에는, 정말이지……." 행렬이 앞쪽으로 몰리자 생쥐가 잠시 머뭇거렸다.

"뭐라고?" 레오가 다그쳐 물었다.

"다른 사람을 웃기고 싶으면, 그 곱실거리는 갈기에 분홍색 리본을 묶어야 하지 않을까?" 이 말을 마치자마자 유스타스를 태운 말은 달아나기 시작했다. 그리고는 천막 안으로 사라지면서까지 "이봐, 레오, 나랑 춤 한번 출래?"라며 레오를 약올렸다.

"아무리 생각해도 갈기를 파마한 건 실수인 것 같아." 프레지날드가 말했다. "생쥐랑 싸울 수도 없고, 그렇다고 다른 동물들과 말

아기곰 프레지날드

다툼을 벌일 수도 없잖아."

"네 말이 맞는 것 같아." 레오도 실수를 인정했다. "하지만 멋있어 보이지 않니?"

프레지날드가 레오를 위로하려고 하는데, 갑자기 밴드가 음악을 연주하기 시작했다. "어서 서두르자, 이러다간 늦겠다. 벌써 연주를 시작했잖아." 프레지날드가 급하게 말했다.

그 말에 레오가 어리둥절한 표정으로 말했다. "저건 우리 텐트에서 나오는 음악이 아닌데……." 이렇게 말하고 뒤를 돌아다본 레오는 숨이 멎는 것만 같았다. "아니, 이럴 수가!" 레오가 비명을 질렀다. "저기 좀 봐!"

프레지날드는 레오가 가리키는 쪽으로 고개를 돌렸다. 서커스 공연장과 이어져 있는 길을 따라 또 다른 서커스단이 행진해 오고 있었다. 유니폼을 입고, 빨간색과 노란색 대신 파란색과 노란색으로 칠을 한 마차만 빼면 붐슈미트 서커스단과 참으로 흡사했다.

밴드는 행진을 계속했다. 높이가 거의 1미터에 달하는 모자를 쓴 군악대장은 반짝이는 지휘봉을 공중에 던지며 묘기를 부렸고, 코끼리와 낙타, 반짝이와 화려한 색의 유니폼을 입은 공연자들, 그리고 양쪽에 '해켄메어' 라고 쓰여진 빗장을 친 기다란 마차 행렬이 그 뒤를 따랐다. 프레지날드는 그 군악대장을 어디선가 본 것 같은 느낌이 들었다.

그랬다! 그는 바로 럭키였다. 그리고 조랑말을 타고 천천히 걸어오고 있는 자는 바로 페드로였다. 그러나 어디에도 해켄메어의 모습은 보이지 않았다.

이미 자리를 잡고 앉아 있던 방청객들까지 행진을 보기 위해 우르르 몰려 나왔다. 일부 연기자들도 밖으로 나왔다. 그러나 붐슈미트 아저씨는 손짓 발짓에 고함까지 지르면서 그들을 다시 안으로 들여보냈다.

"애들 좀 봐." 아저씨가 고함을 질렀다. "너희들 서커스단 처음 보니? 어서 자리로 돌아가……. 빨리 각자 자리로 가란 말야! 이제 곧 공연이 시작될 거야. 우리는 공연을 계속해야 해."

사람들이 다시 텐트 안으로 들어가자 음악이 울려퍼지면서 다시 공연이 시작되었다. 문제는, 이미 입장료를 지불한 방청객들은 거의 다 텐트 안으로 들어갔지만 매표소에서 줄을 서서 기다리던 사람들의 상당수가 다른 서커스 행진을 따라갔다는 것이다. 심지어 붐슈미트 아저씨네 동물들 가운데 일부도 행진을 따라갔다. 비록 그들은 여러 차례 행진을 해 보기는 했어도 길거리에서 다른 행진을 구경하는 것은 그때가 처음이었기 때문이다. 붐슈미트 아저씨는 표를 받는 사람 옆에 서서 머리를 가로저으며 말했다.

"해크가 돌아와서 여기서 공연을 한다고 해도 나는 말릴 생각이 전혀 없어. 하지만 왜 하필이면 우리랑 같은 날 오냔 말야? 그가 내 손님을 빼앗아 가고, 나도 그의 손님을 빼앗은 꼴이 되고 말았 잖아. 우리 둘 다 손해를 본 거야. 아무래도 그를 만나 봐야겠어. 제이크, 어떻게 생각하지?"

"일단 우리 공연이 시작된 다음에 제가 가서 보고 오죠." 표를 받는 사람이 말했다. "제 생각엔 강 아래쪽에 텐트를 치려는 것 같은데요. 이리로 와서 단장님과 이야기를 나누자고 청해 볼게요."

잠시 후, 로즈 양이 안장 없는 말을 타고 고리를 통과하는 묘기를 보이고 있을 때 잭이 돌아왔다. "단장님, 다녀왔습니다."

"그래, 해크는 만나 보았어?" 붐슈미트 아저씨가 물었다.

"만나 주지 않던걸요. 그리고 단장님도 만나지 않겠다고 했어요. 그 사람 말로는……, 글쎄, 별로 기분 좋은 말은 아니었어요. 그러니까 자기는 자기의 서커스단에만 신경 쓰고 단장님은 단장님 일에만 신경 쓰라고 하더군요. 어느 서커스단이 더 훌륭한지는 사람들에게 맡기자고 했어요."

붐슈미트 아저씨의 얼굴이 새빨개졌다. "세상에, 왜 해크가 나한테 그런 말을 하는 거지! 아이고 골치야. 만약 그가 그렇게 생각한다면 계속 힐데일에 머물겠다는 건데. 차라리 내일 공연을 취소하고 오늘 밤 이곳을 떠나는 게 낫겠다."

그날 밤 공연이 끝난 뒤, 단원들은 서둘러 텐트를 거두기 시작했다. 그리고는 다음 공연지를 향해 길을 떠났다.

14. 해켄메어 아저씨

붐슈미트 아저씨는 자신의 오랜 동업자가 그런 식으로 자신을 대했다는 사실에 몹시 기분이 상했다. 그러나 그것은 다음 날 아침 시버 폴즈 근처에 자리를 잡고 텐트를 치고 있을 때, 해켄메어 마차와 동물들이 떼를 지어 몰려와 반대편에 텐트를 쳤을 때 느낀 실망감과 비교하면 아무것도 아니었다.

"맙소사." 아저씨가 말했다. "도대체 해크가 왜 저러는 거지? 이렇게 작은 마을에서 어떻게 두 개의 서커스단이 한꺼번에 공연을 한다는 건지 원……. 레오야, 이리 좀 와 보렴. 나랑 같이 가서 얘기 좀 해 봐야겠다."

이렇게 결심한 아저씨는 레오를 데리고 상대편 서커스단을 찾아 갔다. 그러나 마차에서 험상궂게 생긴 두 남자가 나오더니 아저씨 에게 돌아가라고 말했다. 아저씨는 사정을 설명하고 해켄메어 씨 를 만나야 한다고 했지만 남자들은 꿈쩍도 하지 않았다. 그들은 해켄메어 씨는 붐슈미트 씨를 만나고 싶어하지 않으며, 앞으로도 얼굴을 마주치지 않길 바란다고 전했다. 결국 아저씨는 벌겋게 화 가 난 얼굴로 돌아왔다.

"좋아." 아저씨가 말했다. "좋다고. 만약 그런 식으로 하겠다면, 그렇게 하라고 해. 레오, 한니발, 너희 둘, 오늘은 정말 잘해야 한 다. 진정한 공연이 무엇인지 보여 주겠어. 어느 서커스단이 최고 인지 본때를 보여 주자."

두 서커스단이 한꺼번에 공연을 하게 되자 시버 폴즈는 잔치 분 위기에 들떴다. 주민들은 일요일에나 입는 멋진 외출복을 차려 입 은 뒤 가게문을 걸어 잠그고 모두 공연장으로 향했다. 몰려든 사 람들 때문에 열다섯 명도 넘는 아이들이 길을 잃었다가 발견되어 부모에게 인도되었고, 일곱 명의 남자애와 성인 두 명은 캔디와 레모네이드를 너무 많이 먹는 바람에 배탈이 나기도 했다. 시버 폴즈 주민들은 그 뒤로도 몇 달 동안 이 날을 잊지 못했다.

오후 두 시가 되자 양쪽 모두 공연을 시작했다. 그러나 붐슈미트 아저씨는 곧 실망을 하고 말았다. 모든 주민들이 자신의 텐트를 찾을 것이며, 기껏해야 세 명 정도만 해켄메어의 공연을 보러 갈 것이라는 아저씨의 예상이 완전히 빗나갔기 때문이었다. 아저씨의 텐트는 3/4이나 자리가 비어 있었다. 게다가 촌극은 공연을 계속 유지하기 힘들 정도로 수입이 적었다. 아저씨가 할 일은 한 가지밖에 없었다. 공연이 끝나기 무섭게 서커스단은 다시 짐을 꾸려서 메이스빌을 향해 출발했다.

그러나 메이스빌에서도 똑같은 상황이 벌어졌다. 붐슈미트 아저씨네 공연단이 도착하자마자 한 시간도 안 되어 해켄메어 아저씨네 마차가 마을에 나타났다. 두 서커스단은 한날 한시에 공연을 벌였고, 이번에도 역시 해켄메어 서커스단은 텐트가 터질 정도로 대성황을 이루었지만, 붐슈미트의 텐트에는 관객들이 드문드문 자리를 잡고 앉았을 뿐이었다. 로버트슨과 브록넬 그리고 팬터 베이에서도 똑같은 상황은 계속되었다. 이제 해켄메어 아저씨가 붐슈미트 아저씨를 서커스계에서 몰아내려고 한다는 의도는 명백해졌다.

처음에는 왜 사람들이 해켄메어 쇼에 열광하는지 아무도 이해하지 못했다. 그러나 차츰 시간이 지나면서 그 이유를 알 것 같았다. 붐슈미트 스커스단의 동물들은 사람들과 떨어져서 혼자만의 시간을 갖고 싶을 때 외에는 거의 우리 안에 들어가지 않는다. 게다가 모두 성격이 온순하여 심지어 호랑이도 이곳저곳을 어슬렁거리다

아기곰 프레지날드

가 아이들이 원하면 등에 태워 주기도 했으며, 영리하기 때문에 멋진 공연을 선보이기는 해도 전혀 위험하지 않았던 것이다.

그러나 해켄메어 서커스단의 동물들은 거의 맹수에 가까웠다. 항상 우리 안에 갇혀 있을 뿐만 아니라 늘 흥분된 상태로 지내는 데다 사람들에게 겁을 주었다. 따뜻하게 대해 주지도, 먹이를 많이 주지도 않았기 때문이다. 그러나 대부분의 사람들은 위험한 일이 벌어지지 않는 이상 야생 동물을 보면서 두려움을 느끼는 것을 즐겼다. 붐슈미트 아저씨가 그날 아침 가게에서 자신과 함께 장기를 두던 호랑이 등에 타고 마을을 돌아다니는 모습보다는 해켄메어 아저씨가 금방이라도 잡아먹을 것 같은 사자 우리 안에 들어가는 것을 더 흥미로워했다.

그뿐만이 아니었다. 해켄메어 아저씨는 약간의 속임수를 써서 자신의 공연이 정말로 위험한 것처럼 보이게 만들었지만, 붐슈미트 아저씨는 청중들이 아무리 원해도 단원이나 동물들에게 위험한 일을 시키지 않았다. 그러다 보니 당연히 해켄메어의 서커스는 실제보다 훨씬 더 재미있어 보였다.

약 보름이 지난 어느 날 저녁, 붐슈미트 아저씨는 모든 서커스단 식구들을 불러모았다. 그리고는 지금까지 경제적으로 감당할 수 없을 만큼 심각한 피해를 입었으므로 당분간 강도들에게서 넘겨받은 농장으로 내려가서 지내는 것이 좋겠다고 상황을 설명했다.

또 그곳에 가면 모두들 편안히 지낼 수 있을 것이며, 충분히 휴식을 취하면서 새로운 계획을 세우는 것도 좋을 것 같다고 단원들을 설득했다.

아저씨의 말에 단원들 간에 의견이 분분했다. 레오가 이끄는 대부분의 단원들은 끝까지 싸우자고 했다. 그러면서 레오는 이 문제에 대해 아주 감동적인 연설을 했다.

"우리가 수적으로도 우세이고, 영양 상태도 훨씬 좋아. 게다가 놈들 중에는 코뿔소가 없잖아. 제리가 몇 번만 공격을 해도 놈들은 나가떨어지고 말 거야. 단장님, 허락만 해 주신다면 오늘밤이라도 당장 달려가서 놈들의 목을 따 오겠습니다. 아, 정말 답답하군!" 화를 참지 못한 레오가 소리를 질렀다. "도대체, 우리가 사내대장부냐 아니면 쥐새끼냐? (발끈하고 자리에서 일어서는 유스타스에게 레오가 '미안해, 유스타스' 하고 양해를 구했다.) 우리를 보호해 주시는 붐슈미트 아저씨가 피해를 보는 것으로도 모자라 이렇게 가만히 앉아 모욕당하는 것을 그냥 지켜보겠단 말야? 이봐, 친구들, 너희들도 모두 나와 같은 생각이지? 자, 그럼 우리 모두 일어서자!"

레오의 주장에 동조하는 목소리가 높아졌고, 저쪽에서는 벌써 행진곡이 흘러나왔다. 그러나 붐슈미트 아저씨는 손을 흔들어 그들을 제지했다.

아기곰 프레지날드

"얘들아, 안 돼, 절대로 싸움을 해서는 안 돼. 그래, 어쩌면 우리가 이길지도 몰라. 하지만 그렇게 한다면 너희들 중에 누군가는 반드시 다치게 되어 있어. 그리고 솔직히 해켄메어네 동물들이 무슨 죄가 있겠니. 그들에게 벌을 주는 것은 옳지 못한 행동이야. 그러니까 다른 방법을 찾아야 해."

그러나 아무도 다른 의견을 내놓지 못했다. 결국 일주일만 더 기다려 본 다음, 그래도 좋은 의견이 없을 때에는 남쪽을 향해 출발하겠다고 결론을 내렸다. 모임은 그렇게 끝이 났다.

수많은 동물들이 이미 해켄메어 쇼를 방해하기 위해 여러 방법을 시도해 보았다. 다만 붐슈미트 아저씨에게는 이 사실을 비밀로 했는데, 아저씨가 아시면 절대로 허락하지 않았을 거라는 걸 잘 알고 있기 때문이었다. 그러나 그들의 계획은 모두 큰 성공을 거두지 못했다. 해켄메어 서커스단의 단원들이 워낙 철저히 지키고 있어서 텐트 안으로 들어가는 것이 쉽지 않았다.

한번은 한밤중에 유스타스가 몰래 숨어 들어가 코끼리들을 놀래 주기도 했다. 공연을 보기 위해 방청객들이 기다리고 있을 때 레오가 사자와 호랑이들을 끌고 나타나기도 했다. 동물들은 텐트 사이를 뛰어다니며 사납게 으르렁거리고 포효했는데, 해켄메어 아저씨의 사나운 사자들과 호랑이들이 우리를 부수고 나온 것으로 착각한 사람들이 비명을 지르며 도망을 다녔다. 그날 해켄메어 서

붐슈미트 아저씨는 모든 서커스단 식구들을 불러모은 뒤
당분간 농장으로 내려가서 지내는 것이 좋겠다고 상황을 설명했다.

아기곰 프레지날드

커스단은 텅 빈 객석을 바라보며 공연을 해야 했다. 그러나 이 정도로는 해켄메어 아저씨를 화나게 하거나 공연을 방해하기에는 부족했다.

동물들은 생각하고 또 생각했다. 하루 일과가 끝나면 그들은 혼자만의 공간으로 가서 생각에 잠겼다. 공연 사이사이에 서커스장 주변 어디를 가든 동물들이 혼자 귀를 축 떨어뜨린 채 깊은 생각에 잠겨 있는 모습을 쉽게 발견할 수 있었다. 혹시 잠을 자고 있는 것은 아닐까 하는 착각이 들 정도였는데, 실제로 잠을 자는 경우도 빈번했다. 그리고 동물들이 생각하는 시간이 길어질수록 붐슈미트 아저씨는 더욱 풀이 죽어 갔다.

"나, 원 참. 너희들이 이런 식으로 행동을 하니 관객들이 없는 것도 당연하지. 이젠 제발 좀 그만해라. 너희들은 내 생각을 따라잡을 수 없어, 알았어? 너희들이 그러지 않아도 난 지금 머리가 아파 죽겠단 말야."

"네, 알겠어요 단장님." 하지만 동물들은 대답만 할 뿐 곧 다시 생각에 잠겼다. 다만 오스카만은 생각을 너무 많이 하면 악몽을 꾼다며 생각을 하지 않았다. 특히 프레지날드가 생각에 몰두했는데, 사실 그는 다른 동물들보다 고민이 더 많았다. 그는 해켄메어 아저씨가 미장원에서 머리와 수염을 손질한다는 사실을 아무에게도 말하지 않겠다고 약속한 것을 후회하고 있었다. 자세히는 모르

해켄메어 아저씨

겠지만 그 사실이 매우 중요하다는 것만은 어렴풋이 짐작이 갔다. 그러나 정확한 이유는 알 수 없었다.

그는 해켄메어 아저씨가 늘 미장원을 찾는다고 했던 럭키의 말이 떠올랐다. 그래서 동물들이 마을에 갈 때면 덩치가 작은 동물들을 미장원 출입문 근처에 세워 두고, 미장원을 찾아오는 사람들을 잘 관찰했다가 하나도 빼놓지 말고 자신에게 보고해 달라고 부탁했다. 주로 레오가 그들의 눈에 자주 띄곤 했는데, 처음 퍼머를 한 뒤로 여러 방법으로 갈기를 치장하는 일에 관심이 많아진 그는 특별히 원하는 스타일이 없을 때에도 미장원을 찾아가서 종업원들과 의견을 나누곤 했다.

센터보로에 머물던 어느 날, 하이에나가 해켄메어 아저씨가 메인 스트리트에 있는 골든 글로우 미장원으로 들어갔다는 소식을 전해 왔다.

"그 사람이 해켄메어 아저씨인지 어떻게 알지?" 프레지날드가 물었다.

"난 아저씨를 알아." 하고 하이에나가 대답했다. "실은 옛날에 서커스단을 그만두기 전까지 함께 있었거든. 물론 못 본 지 꽤 오래됐지만 틀림없어. 그리고 있잖아, 아저씨가 머리를 말려고 해. 내가 아저씨가 하는 말을 들었어. 놀랐지 않아?"

"어서 붐슈미트 아저씨를 찾아보자." 프레지날드가 말했다.

아기곰 프레지날드

그때 붐슈미트 아저씨는 표범과 함께 마차에서 바둑을 두고 있었다. 둘 다 바둑을 좋아하지는 않았지만 카드놀이를 제외하고는 딱히 할 줄 아는 놀이가 없었다. 사실 표범과 카드놀이를 하려는 사람은 아무도 없을 것이다.

해켄메어가 미장원에 있다는 소식을 들은 붐슈미트 아저씨는 "그래, 잘한다! 처음에는 레오가, 그 다음에는 늙은 해크가 미장원을 찾았다고! 도대체 앞으로 서커스단이 어떻게 되려고 이러는 건지……."

"그런데요, 아저씨. 해켄메어 아저씨는 원래 곱슬머리가 아닌가요?"

"아니긴, 당연히 곱슬머리지! 그럼. 그런데, 참 이상하다, 해크

가 필요하지도 않는 데 돈을 쓰다니. 그답지 않군. 아니 다른 사람이라도 마찬가지일 거야. 얘들아, 아무래도 너희들이 해크와 다른 사람을 착각한 것 같구나."

"아니에요, 틀림없이 해켄메어 아저씨였어요." 하이에나가 우겼다.

"그리고 참, 이제는 도넛도 좋아하지 않는데요." 프레지날드도 거들었다.

"도넛을 좋아하지 않는다고?" 붐슈미트 아저씨가 깜짝 놀라서 소리를 질렀다. "웬, 세상에! 너희들, 다음에는 그가 푸른색 긴 수염을 가졌다고 하겠구나. 그런데 도넛을 좋아하지 않는다는 건 어떻게 알았지?"

"그 사람이 그렇게 말한걸요."

"그래, 그럼 그 사람은 해크가 아니야." 붐슈미트 아저씨가 말했다. "너희들이 다른 사람을 잘못 본 거야."

"하지만, 단장님." 프레지날드가 말했다. "그래요, 우리가 다른 사람을 보았다고 쳐요. 그럼 그 사람은 왜 자기가 해켄메어라고 하면서 서커스단을 끌고 다니는 걸까요?"

"글쎄……." 갑자기 붐슈미트 아저씨의 얼굴이 심각하게 변했다. "듣고 보니 그러네. 왜 그러는 걸까?"

"만약 그 사람이 진짜 해켄메어 아저씨가 아니라면, 그 사람은 대체 누굴까요? 또 해켄메어 아저씨는 어디에 있는 걸까요??"

"아휴, 나도 모르겠다. 프레지날드, 너 정말 궁금한 것도 많구나. 그리고 어차피 서커스단이 존재하는데 누가 운영하느냐 하는 게 뭐가 그렇게 중요하니? 서커스단이 있다는 것이 문제지."

"만약 해켄메어 아저씨가 정말로 서커스단의 주인이라면, 그래서 그가 다른 데로 가서 우리 일에 방해만 되지 않는다면 아무 상관없지요."

"그야 그렇지." 붐슈미트 아저씨가 말했다. "그럼 나더러 어쩌라는 거냐? 정말이지, 너희는 내가 조용히 앉아서 쉴 시간을 안 주는구나? 마차까지 찾아와서 이렇게 이야기를 꺼내서 내 마음을 심란하게 만들다니 말이야. 그래 봤자 아무 소용도 없는걸. 우리는 지금 어쩔 도리가 없단다."

결국 프레지날드는 더 이상 아무 말도 하지 못하고 하이에나와 함께 마차 밖으로 나왔다. 그리고 공연이 끝나자 레오를 따로 불러냈다.

레오 역시 누가 해켄메어 서커스단의 주인인가 하는 문제는 그렇게 중요하지 않다는 점에서 붐 아저씨와 생각이 같았다.

"그치만……" 하고 레오가 말했다. "우리가 알아낸다고 해도 나쁠 건 없을 거야. 만약 그 사람이 사기꾼이고, 우리가 그 사실을 증명할 수 있다면 놈을 감옥에 처넣을 수 있을 거야. 그런데 어떻게 그 사실을 알아내지? 놈 근처에는 얼씬도 할 수 없는 데 말야. 아, 잠깐만." 레오가 갑자기 이야기를 멈췄다.

"몇 년 전 센터보로에서 공연을 한 적이 있는데, 그때 돼지가 한 마리 있었어. 가만 있자, 걔 이름이 뭐더라? 몇 년 전 플로리다에 함께 갔던 동물 가운데 한 마리였는데, 빈이라는 아저씨가 운영하는 농장에서 살고 있었어. 하여튼 그 돼지는 탐정이거든. 몇 년 전에 여기에 와서 탐정이 하는 일에 대해 동물들에게 강연을 하기도 했었어. 그 돼지는 천재야! 얼굴만 한번 보고도 그 사람의 과거를 다 알아맞힌다니까. 그 돼지가 우리를 도와주면 좋겠는데……."

"그럼 오늘 밤 그 돼지를 만나러 가자." 프레지날드가 제안했다.

레오는 마차 입구가 있는 데로 걸어가 밖을 살폈다. "내일 아침까지 기다리는 게 좋겠어." 레오가 말했다. "조금씩 비가 내리기 시작하는데, 이대로 가다간 목적지에 도착하기도 전에 폭우를 만날 것 같아. 거기까지는 10킬로미터나 가야 하거든."

"푸." 프레지날드는 실망했다. "뭐, 이 정도 비 가지고 그래?"

"아니야, 이 정도면 내 퍼머 머리가 다 펴지고도 남아. 또 다시 퍼머를 할 수는 없단 말야, 이젠 돈을 아껴야지."

"퍼머는 오래 가는 거 아냐?"

"다른 사람들은 그렇게 말하지. 하지만 항상 조심해야 해. 그런데 퍼머가 다 풀려도 내가 멋져 보일까?"

"훨씬 더 사자다워 보일 거야." 프레지날드가 비꼬듯이 말했다.

"좋아. 그렇다면 할 수 없지. 나 혼자 가겠어. 시간을 낭비할 수는 없지. 그런데 어떻게 가야 하지?"

15. 프레지날드, 프레디에게 도움을 청하다

　프레지날드의 코트는 어떤 우산보다도 나았다. 비를 맞고 몇 시간을 걸었지만 조금도 젖지 않았다. 코끝만 아니었더라면 비가 온다는 사실조차 느끼지 못할 정도로 기분이 좋고 시원하고 바람이 신선했다. 그는 탐정에게 할 말을 생각하면서 터덜터덜 깜깜한 숲길을 걸었다. 사실 그는 돼지를 좋아하지 않았다. 바보 같고 항상 사람들을 놀리며, 칭찬해 주지 않으면 다소 예민해지거나 빈정거렸기 때문이다. 하지만 자신이 찾아가는 돼지가 도움을 준다면 어떤 빈정거림도 다 참아 낼 수 있을 것 같았다.

　밤 아홉 시가 다 되어서 그는 빈 아저씨네 농장에 도착했다. 레오의 말대로 불빛을 보고 금방 알아볼 수 있었다. 집은 어두웠지

만 헛간과 닭장, 돼지우리에는 불이 환하게 밝혀져 있었다. 창문
에 멋진 커튼이 드리워져 있는 외양간에서는 따뜻한 불빛이 새어
나오고 있었다. 레오의 말대로 빈 아저씨는 동물들이 플로리다에
서 돌아오는 길에 얻어 온 돈으로 농장을 완전히 새로운 곳으로
만들어 놓았다. 프레지날드도 이런 농장은 처음이었다.

농장으로 들어선 프레지날드는 돼지우리를 향해 곧장 걸어갔다.
외양간을 지날 때쯤 문이 열리더니 수탉이 나왔다. "잘 자, 아가씨
들. 좋은 꿈 꿔요." 인사를 건넨 수탉은 잠시 입구에 멈추어 섰고,
외양간에서 "잘 자, 찰스." 하는 낮은 목소리가 들려 나왔다. 잠시
후, 비를 맞지 않기 위해 잔뜩 어깨를 움츠린 채 닭장으로 가던 수
탉과 프레지날드는 그만 부딪치고 말았다.

"야, 조심해!" 수탉이 버럭 화를 내며 나무랐다. "넌 앞도 안 보
고 걸어가니?"

"미안해." 프레지날드가 먼저 사과했다. "나는 저기……."

"그냥, 뭐, 그냥 뭐 어쨌다는 건데!" 찰스가 그의 말을 막았다.

"도대체 다들 해서는 안 되는 일을 하고도, 저기, 저기 하면서
얼버무리면 다 되는 줄 안다니까."

"아니, 나는 저기…….

"내가 하는 말 못 들었어?" 찰스가 또 그의 말을 막으며 말했다.
"너 그러고 보니, 뭐 얻을 것 없나 하고 괜히 이리저리 기웃거리는

것 같은데. 야, 곰돌이, 너 내가 누군지 알아?"

"네가 내 말을 자꾸 가로막지 말고, 나의 정중한 질문에 대답하지 않으면 비를 쫄딱 맞게 된다는 건 알고 있지." 하고 프레지날드가 대답했다. "난 여기 살고 있는 돼지를 찾고 있는데, 탐정 말야. 어디 있는지 가르쳐 줄 수 있니?"

"어, 이건 예상 밖인데." 찰스가 말했다. "왜 진작 그렇게 말하지 않았어? 프레디를 만나러 왔다면 도둑은 아닌가 보군. 도둑이라면 탐정을 찾을 리가 없지. 하지만 프레디는 일이 끝났는데."

"아, 그래." 프레지날드가 말했다. "그러면 내일 아침에 다시 오는 게 좋겠군."

"내 말은 오늘 일이 끝났다는 것이 아니라 이제 더 이상 탐정 일을 안 한다는 거야. 그는 밤이 늦어서야 잠자리에 들어. 아마 지금쯤 자신의 사무실에서 공부를 하거나 시를 쓰고 있을걸."

"뭐, 시를 쓴다고? 나도 시를 쓰는데."

"네가 정말?" 찰스가 점잖은 척하며 말했다. "그래, 좋아. 너 제법 똑똑하구나. 그건 그렇고, 날 따라와. 그의 사무실로 가 보자. 물론 공식적으로 은퇴하기는 했지만 특별히 관심이 있는 사건인 경우에는 가끔 일을 맡기도 하지. 말이나 한번 해 보자."

탐정 프레디는 빈 아저씨가 돼지우리에 마련해 준 특별 사무실을 가지고 있었다. "자, 다 나한테 맡기라고." 찰스가 속삭이더니 부리로 문을 두드렸다. 사무실 안에서는 탁 타닥 하고 불규칙한 소리가 들려왔는데, 잠시 후 그 소리가 멈추더니 "들어오세요." 하는 목소리가 들렸다. 프레지날드가 문을 열고 들어가자 스탠드가 켜져 있는 상자 옆 낡은 의자에 통통하고 마음씨 좋아 보이는 돼지가 앉아 있었다. 그 앞에 놓인 또 다른 상자 위에는 고장난 타자기가 놓여 있었다.

"멋진 시를 쓰느라고 열심이군." 찰스가 고상한 척하며 말했다. "혹시 내가 방해한 건 아니겠지? 사실은, 이 아기 곰이 네 시를 무척이나 좋아하나 봐. 아주 멀리서 왔대. 어디라고 그랬지?" 수탉은 프레지날드를 보고 물었다.

"지금 센터보로에 머물고 있어." 곰이 대답했다.

"아, 그래. 그런데 이름이 어떻게 되더라? 아직까지 이름을 말하지 않은 것 같은데……."

"난 프레지날드라고 해."

"프레지날드라……. 멋진 이름이군. 프레디, 내가 프레지날드를 좀 소개할까? 그러니까 좀 더 설명을 하자면, 프레지날드는 시인이야."

바로 그때 문을 두드리는 소리가 들렸다. 프레디가 문을 열자 멍청해 보이는 병아리가 사무실 안으로 머리를 쏙 들이밀더니 찰스를 보고 말했다. "아빠, 여태 아빠를 찾아다녔잖아요. 엄마가 빨리

집으로 오시래요."

프레디는 웃음을 터뜨렸고, 찰스는 당황했다. "이런." 찰스가 말했다. "이거 좀 난처하게 되었는데. 아빠는 지금까지……."

"빨리 가시는 게 좋을걸요." 병아리가 말했다.

"그래, 그럴 것 같구나." 찰스가 프레지날드를 보고 말했다. "이해해 주겠지? 집안이 편해야 모든 일이 잘되잖아. 그럼 나는 이만……."

그는 하던 말을 마치지도 못한 채 성급히 자리를 떴다.

"집안일이라고? 참." 프레디가 웃으면서 말했다. "밤 9시가 넘었는데도 집에 안 가고 있으니, 그게 바로 집안일이야. 헨리에타 — 그의 아내 말이야 — 가 그 점만은 철저하지. 절대로 가만있지 않을 거야."

"하지만 친절하게도 나를 이곳까지 안내해 준걸." 프레지날드가 말했다. "이렇게 비가 내리는데도 만사를 제쳐놓고 말야."

"친절하다고?" 프레디가 말했다. "세상에, 무슨 일이 있어도 그는 너를 놓아주지 않았을 거야. 너도 곧 그의 이야기에 귀를 기울이지 않게 될 거고. 여기에 살고 있는 동물들은 아무도 그의 이야기를 들으려고 하지 않아. 물론 찰스는 좋은 친구지. 하지만 너무 심하다 싶을 정도로 말이 많아. 그건 그렇고, 어서 자리에 앉아. 그래, 너도 시를 쓴다고? 그러면 내가 지금 쓰고 있는 시에 대해 조언을 부탁해도 좋겠구나."

그는 타자기 위로 몸을 숙이더니 시를 읽어 내려갔다.

이것은 프레데릭의 노래
그는 애국자이자 시인이며 돼지이다
좋은 집안에 기품이 넘치는 귀족이지
외모 또한 호감이 가고 일다.

"잠깐만……. '가고 일다' 가 무슨 뜻이야?"
"아, 그건 내가 만든 말이야. 그냥 생각나는 대로 썼어. 근사하지 않아?"

"아, 그래." 곰이 마지못해 동의해 주었다. "그런데 내 생각에는 운율상⋯⋯."

"세상에는 수많은 운율이 있어." 프레디가 조금 화를 내며 말했다. "윅, 직, 스윅, 팅구마직, 얼, 플릭, 미그, 퀵, 스킥 등등 말야. 나는 한번도 운율 때문에 고생한 적이 없어."

"그럼 계속해. 정말 멋진 시야."

그는 아주 정확하고 특별한 사람이네
감자 파이를 특히 좋아하지
그러나 그의 강직함과 완벽한 예의 범절을
부인할 사람은 한 사람도 없다네

그의 시가 탄생하는 우리 안에서
그는 한없이 시름에 잠긴 듯한 표정을 하지
그러나 싸움에서는 한 마리 표범이 되어
하늘만큼 괴력을 발휘하지

이 세상 모든 돼지 중에 그는 완벽한 분홍색을 자랑하며
이 세상 모든 돼지 중에 그는 가장 귀한 진주라네
비록 덩치는 그다지 크지 않아도

그는 이 세상 모든 돼지 중에 가장 돼지답고
어디를 가든 인기를 독차지한다네.

"물론 너도 이해하고 있겠지만," 프레디가 갑자기 시 낭독을 중단했다. "반드시 모두 다 사실일 필요는 없어. 나는 최대한 'ㅎ' 자를 많이 사용하고 싶었는데, 'ㅎ' 자가 들어 있는 단어들은 대부분 칭찬하는 말이더군."

프레지날드는 'ㅎ'이 들어가는 말 가운데 칭찬과는 거리가 먼 단어들을 많이 알고 있었지만, 그냥 동의해 주면서 훌륭한 시라는 칭찬을 아끼지 않았다. 그러면서 "사실 나는 탐정한테 조언을 듣고 싶어서 왔어."라며 본론을 꺼냈다. 특히 자신이 들은 탐정 프레디에 대한 명성을 털어놓았다.

"붐슈미트 씨는 아주 좋은 분이시지." 프레디가 말했다. "그분은 항상 동물들을 사랑으로 대하기 때문에 우리 모두 그분을 아주 존경해. 그분의 서커스단을 위한 일이라면 기꺼이 도움을 주고 싶어. 하지만 너도 알다시피 나는 이제 탐정 일을 그만두었어. 시를 쓸 시간이 부족하기 때문이야. 하지만 내 조수인 위긴스 부인은 아직도 탐정일을 계속하고 있으니까 부인이 적극적으로 너를 도와줄 수 있을 거야. 정말 유능한 분이거든."

"물론 그러시겠지. 하지만 이건 아주 심각한 문제야. 붐슈미트 아저씨가 위험에 처했다고. 한번만 내 이야기를 들어줘."

"붐슈미트 아저씨가? 그렇다면 사정이 달라지지. 그래 일단 자초지종이나 들어 보자. 그런 다음에 결정을 내리자고."

프레디는 중간중간 질문을 해 가면서 프레지날드의 이야기를 열심히 들었다. 설명이 다 끝나자 한동안 생각에 잠겼다가 잘 알겠다는 듯이 고개를 끄덕이고는 우리 귀퉁이에 있던 상자에서 가짜 수염을 꺼내 양쪽 귀에 걸었다.

"내 변장술이지. 나는 항상 일을 할 때는 변장을 해. 내가 누군지 아무도 모르는 게 일을 할 때 훨씬 편하거든."

가짜 수염이라고 해 봤자 턱 밑에 털이 조금 달린 것에 불과했고, 가짜 수염을 달아도 별로 달라 보이지 않았지만 프레지날드는 그 말을 하지 않았다.

"그럼 정말 우리를 도와줄 거야?" 프레지날드가 물었다.

"훌륭하신 붐슈미트 씨가 어려운 상황에 처했다는데 가만있을 순 없지." 프레디가 말했다. "그 대신 네가 할 일이 하나 있어. 단장님을 설득해서 앞으로 며칠 동안 서커스단이 센터보로에 더 머무를 수 있게 해야 하는데 할 수 있겠어?"

"그럼. 물론이지. 걱정하지 마."

"좋아. 이제 모든 건 나한테 맡겨 두고 넌 집으로 돌아가. 내가 바로 연락을 할게. 이제부터는 생각을 해야겠어. 그럼 잘 가."

프레지날드는 프레디가 이 일에 대해 어떻게 생각하며, 앞으로 어떻게 일을 해결해 갈 것인지 묻고 싶은 마음이 간절했다. 하지만 돼지는 이미 그에게 등을 돌린 채 한쪽 발로 이마를 받치고는 멍하니 앞만 바라보고 있었다. 결국 프레지날드는 아쉬움을 머금은 채 까치발로 조용히 그곳에서 나왔다.

16. 프레디, 서커스단을 찾아오다

두 서커스단은 모두 센터보로에 머물면서 하루에 각각 한 차례씩 공연을 펼쳤다. 그러나 붐슈미트 아저씨네가 실제로 입은 피해는 생각만큼 심각하지 않았는데, 그것은 셋째 날까지 해켄메어의 공연을 지켜본 주민들이 다음 날은 모두 아저씨네 서커스단을 찾아왔기 때문이었다. 그래서 넷째 날에는 빈 좌석이 거의 없을 정도로 텐트가 만원을 이뤘다.

붐슈미트 아저씨는 더욱 아슬아슬하고 긴장감 넘치는 공연을 위해 동물들에게 더 포악하고 잔인하게 행동하라고 시켰다. 그래서 공연을 하기 위해 아저씨가 호랑이 우리 안으로 들어가면 호랑이

아기곰 프레지날드

가 정신없이 날뛰고 포효하고 으르렁거리는 바람에 관중들은 좌석 귀퉁이에 걸터앉아 부들부들 떨면서도 즐거워했다. 그렇게 한창 재미있게 공연이 진행되고 있는데 앞줄에 앉아 있던 한 남자가 "어, 이건 완전히 사기다. 저 동물들은 고양이보다도 안 무섭잖아!" 하고 소리를 질렀다.

그 말에 붐슈미트 아저씨가 "어, 그런가요?"라고 묻더니 "그럼 여기 우리 안으로 들어와서 호랑이를 한번 쓰다듬어 보시죠." 하고 제안했다.

"그래, 조, 한번 해 봐! 들어가, 들어가!" 하고 관중들이 호응했다. 그때 호랑이 한 마리가 우리 앞으로 나오더니 이글이글 타오르는 듯한 눈으로 그 남자를 응시하면서 "네 오른쪽 다리를 물어 뜯어 버릴 테다." 하고 겁을 주었다.

남자는 그 자리에 앉은 채 딱딱하게 굳은 듯 아무 말도 하지 못하더니 곧 텐트에서 나가 버렸다. 그러나 사람들은 호랑이가 일부러 거칠게 행동하는 것을 눈치챘고, 그 다음부터는 호랑이가 누런 이를 드러내고 으르렁거려도 사람들은 웃기만 했다.

그날 프레지날드는 토끼를 통해 탐정이 보낸 편지를 받았다. 그런데 프레디가 사용하는 타자기에는 ㄴ과 ㅣ와 ㅔ가 빠져 있었는지 완성되지 않은 글자가 있었다. 뿐만 아니라 마침표가 생략되어 있기도 하고 띄어쓰기도 제대로 되어 있지 않아 단어들이 한데 뒤엉켜 편지를 읽는 일이 쉽지 않았다. 편지 겉봉에는 '춤애하늠 프레주말드 귀하, 토꾸 범호 27'이라고 쓰여 있었다. 프레지날드가 난감한 표정을 짓자 토끼가 프레지날드에게 편지를 읽는 법을 가르쳐 주었다. "프레디는 ㅣ 대신에 ㅜ, ㄴ 대신에 ㅁ, 그리고 에 대신에 제를 썼어. 그것만 기억하면 아주 쉬워."

"알겠어." 프레지날드가 말했다. "그러면 '토꾸'는 '토끼'를, '범호 27'은 '번호 27'을 말하는구나. '춤애하늠'은 무슨 말인지 알겠고. 그런데 '토끼 번호 27'이 네 이름이야? 무슨 이름이 이래?"

"그건." 토끼가 설명을 시작했다. "토끼가 워낙 많다 보니 이름을 붙이는 대신 그냥 번호로 부르고 있어. 답장을 받아 오라고 하던데 준비됐니?"

"잠깐만 앉아서 기다려 27번. 다 읽은 다음에 얘기해 줄게."
편지의 내용은 이러했다.

보수오. 18울말 우루가 우야구를 마무었던 문제에 관해서, 괌숨을 가줄 맘함 정보를 점달하고자 합누다. 폄함 수간 중 가장 빨루 염락을 닿을 수 웃음 때를 알려주구 바랍무다. 도움에 감사두리며, 좀경하믐 프레두.

프레더윅 & 위굼스 탐정 회사 사장

　　아기곰 프레지날드

편지를 한번 훑어본 프레지날드는 "이런!" 하고 걱정을 했다. 그런 다음 다시 편지를 읽더니 "이런 세상에." 하고 아예 낙담을 했다. 결국 그는 종이와 연필을 꺼내 편지와 씨름을 하기 시작했다. 처음 셋째 줄까지 읽어 내려간 그가 '괌숨'이라는 말이 뭔지 한참 고민을 하자 토끼가 끼여들어 "있잖아, 프레디가 만약 무슨 말인지 이해가 안 되면, 전할 말이 있으니 오늘 오후에 만나러 와도 되는지 물어보라고 했어." 하고 말했다.

"관심." 프레지날드는 편지 읽는 데 온 정신을 집중하고 있었다. "'정보를 전달하기 위해서……' 뭐라고 27번? 아 그래, 물론이지. 그러니까 훨씬 편하네. 고마워. 프레디에게 알겠다고 전해. 그리고 내가 기다리고 있겠다는 말도."

"알았어, 그럼 그렇게 전할게. 안녕." 인사를 마친 토끼 27번은 깡충거리며 뛰어갔다.

프레지날드는 레오를 찾아가서 편지를 보여 주었다.

"이것 봐. 뭔가 성과가 있는 것 같은데."

"그래? 이거 어디서 났어?" 레오는 편지를 이리저리 넘겨보더니 다시 물었다. "이 편지 어디서 난 거냐니까?"

"토끼가 가져다 줬어. 프레디가 보낸 거야."

"아, 그 웨일스 토끼." 하고 레오가 말했다. "그런데 왜 이렇게 '우' 자가 많아. 이제야 대강 짐작이 가는군. 돼지한테 도움을 청했는데, 그 돼지는 우리한테 수수께끼만 낸 거야!"

프레지날드는 프레디의 타자기에 대해 설명해 주었다. "하지만 그렇게 어렵지 않아." 프레지날드가 말했다. "간단하게 말하자면……."

"아니, 아니, 나한테 말하지 마." 레오가 프레지날드의 말을 중단시켰다. "네가 할 수 있다면 나도 할 수 있어."

레오가 작은 목소리로 중얼거리며 편지를 읽어 내려가는 동안 프레지날드는 자리에 앉아 기다렸다. 그러나 사자는 훌륭한 학생이 못 되었다. 얼마 지나지 않아 규칙적으로 들려오던 으르렁 소리가 잦아들더니 곧 잠이 들었다. 결국 프레지날드는 마차로 돌아가서 프레디가 오기만을 기다렸다.

오후 세 시쯤 되었을 때 마차 문을 두드리는 소리가 들렸다. 문을 여니 등에 검은 세로 줄이 그어져 있고 뾰족한 코를 가진 괴상한 모습의 동물이 서 있었다. 입에서는 어금니가 길게 삐쳐 나와 있었는데, 어금니 때문에 마치 비웃고 있는 것처럼 양쪽 입가가 위로 올라가 있었다. '생전 처음 보는 이 동물이 누구일까?' 하고 한참 고민하던 그는 마침내 탐정 프레디가 변장한 것임을 알아차릴 수 있었다.

"들어와. 오늘은 어떤 변장을 한 거야?"

프레디는 숲에서 주운 나무 조각으로 만든 어금니를 빼고는 자

리에 앉았다.

"나는 다른 사람들이 나를 알아보는 게 싫어. 하지만 이번 변장은 영 마음에 들지 않아. 어금니를 빼지 않으면 통 말을 할 수가 없거든. 게다가 너도 내가 누군지 금방 알아보았잖아."

"아니야. 그건 네가 미리 온다고 연락을 했으니까 그런 거지. 그런데 뭐 도움이 될 만한 정보를 찾았어?"

"두 가지 사실을 알아냈어." 프레디가 말했다. "첫 번째는 자신이 해켄메어라고 한 그 작자는 사실 진짜 해켄메어 씨가 아니라는 점이야. 그 사실을 어떻게 알았냐 하면 말야, 네가 다녀간 다음 날 내가 그 사람의 공연을 보러 갔었어. 공연이 끝나고 밖으로 나오는데 그 사람이 문 옆에 서 있더라고. 그래서 내가 '안녕하세요, 해켄메어 아저씨? 기억하실지 모르겠지만, 저 프레디예요. 5년 전 제가 물에 빠진 걸 아저씨가 구해 주셨잖아요.' 하고 말을 걸었어. 그랬더니 '아, 그렇군. 기억이 나네. 아 그때 그 프레디구나. 그래, 그동안 별 일 없었니?' 하고 묻더군. 그래서 나는 '물론이죠.' 하고 그곳에서 나와 버렸어. 이걸로 보건대 그는 분명 해켄메어 씨가 아니야."

"난 무슨 말인지 통 모르겠어." 프레지날드가 말했다. "그게 어떻게 그가 해켄메어 씨가 아니라는 걸 입증한단 말이지?"

"정말 모르겠어?" 프레디가 물었다. "그는 물에 빠진 나를 구해 준 적이 없거든. 나는 한번도 해켄메어 씨를 만난 적이 없다고. 하지만 그 남자는 진짜 해켄메어 씨가 나를 알고 있다고 생각했기 때문에……."

"아, 그렇구나." 프레지날드는 그제야 이해가 되었다. "이제 알겠어. 와, 정말 똑똑하구나!"

"이 정도는 보통이지." 프레디가 말했다. "아주 평범한 조사 작업이라고 할 수 있어. 하지만 이것만으로는 충분하지 않아. 사건을 해결하기에는 너무도 부족해. 게다가 내가 저쪽 서커스 단원들을 몇 명 만나 보았는데 그들은 하나같이 그가 진짜 해켄메어라고 믿고 있더라고. 물론 그가 여기서 활동할 때부터 그를 알던 사람

아기곰 프레지날드

은 하나도 없으니까 그럴 만도 하지. 하여튼 진짜 해켄메어 씨를 찾기 전까지는 경찰도 우리 말에 귀를 기울이지 않을 거야."

"나도 그렇게 생각해." 프레지날드가 동의했다. "그러면 이젠 어떻게 해야 하지?"

"내게 좋은 계획이 있어. 가장 중요한 것은 저쪽 서커스단이 공연을 못하게 하는 것 아니겠어. 그렇지? 해켄메어 쪽 동물들을 거의 다 만나 봤는데 그들도 제대로 된 대접을 받지 못하고 있다고 불만이 많더군. 단장의 인기가 아주 바닥이었어. 내 생각엔 그 동물들이 파업을 하도록 유도하는 게 좋을 것 같아."

"그러니까 공연 거부를 하게 만들자는 거지?" 프레지날드가 물었다. "하지만 어떻게 그럴 수 있지? 동물들이 모두 우리에 갇혀 지내고 있는데……. 만약 공연을 거부하면 먹을 걸 주지 않을 거야. 그러면 동물들도 결국에는 다시 공연을 하게 될 거고."

"그야 그렇지만, 만약 동물들이 모두 우리를 탈출해서 서커스단을 떠나 버리면 어떨까?"

"그렇더라도 누군가는 동물들에게 먹이를 줘야 해. 코끼리가 하루에 건초를 얼마나 많이 먹는지 알아? 거기에 있는 코끼리만 해도 다섯 마리나 되고, 그밖에 다른 동물들까지 합치면 아마 엄청날걸."

"좋았어! 그런 건 이미 나도 알고 있다니까." 하고 프레디가 말했다. "조금만 더 기다려 줘. 그 문제를 해결할 방법이 있을 것 같으니. 좋아, 알았다고. 그럼 나한테 며칠만 더 시간을 줄래?"

"이틀 안에 일이 해결되지 않으면 붐슈미트 아저씨가 남쪽으로 출발한대. 그러니깐 어떤 방법이든 빨리 찾아야 해."

"좋아. 서두르면 이틀이면 넉넉해. 그 대신 네가 공연에서 빠지고 나를 좀 도와줘야 하는데 괜찮겠지?"

그것은 어려운 일이 아니라고 대답한 프레지날드는 붐슈미트 아저씨께 허락을 받기 위해 프레디를 두고 잠시 자리를 떴다. 얼마후 그가 허락을 받아 왔고, 프레디는 그와 함께 그곳을 나왔다.

그들은 가장 먼저 스캐터트와이트 아저씨네 농장에 들렀다. 그들이 농장으로 들어오는 것을 본 스캐터트와이트 아저씨가 밖으로 나왔다. 아저씨는 몸이 작고 날쌔지만 약간 불편한 듯했는데 허연 수염을 기르고 있었다.

"잘 지냈니, 프레디?" 아저씨가 물었다. "놀러 왔니? 여기 의자에 앉으렴. 집사람도 나오라고 할게."

"아니에요, 아저씨. 사실은 의논할 일이 있어서 왔어요." 프레디가 대답했다.

"그럼 헛간으로 가자."

프레디와 프레지날드는 아저씨를 따라 모퉁이를 돌아 어둡고 서늘한 헛간으로 들어갔다. 헛간에서는 달콤한 건초 냄새가 풍겨 나

아기곰 프레지날드

왔다. 먼저 프레디가 프레지날드를 아저씨께 소개하고는, "건초 때문에 고생이 많으실 텐데 제가 좀 도와드릴까요?" 하고 물었다.

"그럼, 그렇게 해 주면 나야 좋지. 실은 지난 금요일에 베어 놓은 건초를 내일 들여놓아야 하거든. 이번 주만 지나면 날씨도 좋지 않을 것 같아. 강을 따라 나 있는 건초도 마저 베어야 하는데. 도대체 혼자서는 엄두가 나지 않는구나. 내 사위가 친구들을 데리고 온다고 하지만, 지금 저쪽 평지에 새 방앗간을 짓기 위한 자재들을 끌어오느라 바빠서……."

"맞아요." 프레디가 말했다. "방앗간을 다시 짓죠. 제가 그걸 깜빡했네요. 아저씨, 제가 할 일이 없어 놀고 있는 동물들을 많이 알고 있는데, 사실은 그애들이 일할 자리를 찾고 있거든요. 제가 아저씨 일을 도와드릴 코끼리 두세 마리를 보내드리면 먹이는 충분히 주실 수 있나요?"

스캐터트와이트 아저씨는 수염을 만지작거리며 깊은 생각에 빠졌다. "글쎄, 나는 코끼리들에 대해 전혀 아는 게 없어서. 엄청나게 많이 먹는다고 하던데⋯⋯."

"하지만 일도 엄청나게 잘해요." 프레디가 말했다.

"그건 사실이지." 아저씨도 동의했다. "그건 누구나 다 아는 사실이야. 그놈들도 좋긴 하지. 그런데 프레디, 말은 없니?"

"뭐든지 있어요." 돼지가 대답했다. "말, 얼룩말, 야크, 호랑이⋯⋯ 뭐든지요. 원하신다면 말이나 야크를 보내드릴 수도 있어요. 하지만 코끼리들이 가장 힘이 세니까 먼저 말씀드린 거예요. 아저씨에게 가장 먼저 선택할 권리를 드린 거죠."

"내 생각엔 말이나 야크가 더 좋을 것 같아. 너도 잘 알겠지만⋯⋯." 아저씨가 갑자기 조심스럽게 집 쪽을 쳐다보더니 목소리를 낮췄다. "우리 집사람이 거의 밖에 나오지 않잖니. 그러다 보니 새로운 걸 구경할 일도 거의 없어. 만약 코끼리 같은 귀한 동물들을 데려다 놓으면 집사람이 하루 종일 나와서 코끼리를 타거나 코끼리랑 놀려고 들 거야. 그러다 보면 일은 하나도 할 수 없을 거야. 또 예쁘다고 과자 같은 걸 줄 텐데 그러다 보면 금방 병이 날

아기곰 프레지날드

거고……. 코끼리가 병이 나면 어떻게 하라고!"

"그럼요, 골칫덩이죠. 하지만 아주머니는 야크가 와도 함께 놀려고 하지 않을까요?"

"야크가 어떻게 생겼는지 기억나지는 않지만, 내 기억으로는 다른 가축들과 별반 다를 게 없었던 것 같은데. 문제를 일으키고 싶은 사람은 하나도 없지."

"맞아요." 프레디가 자리에서 일어서면서 말했다. "그럼 말이랑 야크를 보내드리죠."

이야기를 마친 프레디와 프레지날드는 스캐터트와이트 아저씨와 악수를 나눈 뒤 그곳에서 나왔다.

큰길에 접어들자 프레지날드가 물었다. "동물들은 보내준다고 그렇게 약속을 해도 괜찮겠어? 정말 그들에게 파업을 하라고 할 수 있냐고? 혹시 파업이 성공한다고 해도 어떻게 우리 밖으로 빼낼 수 있을까?"

"그건 나한테 맡겨." 프레디가 말했다. "어쩌면 붐슈미트 아저씨네 동물들의 도움이 필요할지도 모르지만, 하여튼 필요한 조치는 다 해 놓았어. 이제는 정말 그들에게 일자리를 구해 줄 수 있는가 하는 것이 문제야. 아저씨가 새 방앗간을 짓고 있다는 걸 깜빡했네. 자, 다음 장소로 가 보자."

17. 해켄메어 서커스단의 동물 파업

강 하류를 향해 걷던 그들은 평지에 도착했다. 센터보로에서 약 1.5킬로미터 떨어진 그곳에는 수많은 일꾼들과 말들이 열심히 일을 하고 있었다. 땅을 파서 바닥을 고르고 망치질을 하고 트럭과 마차에 실려 있는 벽돌과 나무와 타일과 회반죽을 내리느라 정신이 없었다. 낯선 동물들을 발견한 그들은 일제히 하던 일을 멈추고 프레디와 프레지날드를 쳐다보았지만, 프레디는 그 시선에는 아랑곳하지 않고 곧장 '사무실'이라고 쓰여진 작은 오두막으로 들어갔다. 프레지날드도 따라 들어갔다.

뚱뚱한 남자 한 명이 와이셔츠 바람에 작은 책상에 앉아 종이에 무언가를 열심히 그리고 있었다. 고개를 들어 그들을 본 남자가 얼굴을 찡그리며 말했다. "동물들은 여기에 들어오면 안 되오. 여긴 동물 출입 금지 구역이란 말이오."

그 말에 프레디가 "실례합니다만." 하고 정중하게 말했다. "저희는 지금 사업차 찾아온 것입니다. 이 사무실의 주인 되시나요?"

"아니오. 하지만 주인은 만나지 않는 것이 좋을 게요. 오늘 영 기분이 안 좋거든요. 그런데 무슨 일이죠?"

프레디가 설명을 마치자 잠자코 듣고 있던 남자가 입을 열었다.

"그런 일이라면 주인을 만나는 것이 좋겠소. 항상 일손이 모자란다고 했으니까. 이미 작업이 예정보다 보름이나 뒤처져 있어요. 사무실 밖에 어딘가 있을 거요."

잠시 머뭇거리던 남자는 자신이 그리고 있던 그림을 그들에게 내밀었다. "여기, 이렇게 생긴 사람을 찾아요."

종이는 온통 마른 남자와 뚱뚱한 남자가 그려져 있었다. 한 그림은 뚱뚱한 남자가 마른 남자의 코를 주먹으로 때리고 있었고, 또 다른 그림은 뚱뚱한 남자가 마른 남자의 몸 위에 올라타서 뛰고 있었다. 세 번째 그림에서는 뚱뚱한 남자가 막대기로 얻어맞고 있었다. "여기 이 마른 사람을 찾으시오." 남자가 말했다.

"아, 네. 금방 찾을 수 있겠네요." 프레지날드가 말했다. "그런데 항상 이렇게 누군가 그를 때리고 있나요?"

"아, 아니오." 남자가 당황한 듯 말했다. 그러면서 "보시다시피 저는 그냥 재미로 그림을 그리는 것뿐입니다. 아무도 그를 때리지 않아요. 그분이 주인인걸요. 아무리 그러고 싶어도 말입니다. 그런데……." 남자가 급하게 말을 이었다. "제가 이런 그림을 그리고 있었다는 건 말하지 말아 주십시오. 그냥 열심히 일하고 있다고 해 주세요."

"알겠어요." 프레디가 말했다. "무슨 말인지 알겠어요. 프레지, 가자."

"뒤에서 주인 욕이나 하는 불쌍한 사람 같으니." 사무실을 나오면서 프레디가 중얼거렸다. "하긴……. 그런 건 탐정이랑 아무 상관없지. 아, 저기 있군."

경마용 모자를 쓴 남자가 그들을 향해 걸어오고 있었다. 프레디가 그를 맞으며 말했다. "일손이 더 필요하신 것 같아서 찾아왔습니다."

"그래?." 맥기니스라는 이름의 주인이 말했다. "하지만 너희 둘만 있어도 되겠는데……." 그러더니 그는 프레디와 프레지날드를 향해 씩 웃어 보였다. "이곳 농부들의 가축들을 빌려 볼까도 생각해 봤지만 그들도 보름 내에 건초를 모두 걷어야 해서."

그는 걸음을 멈추지 않았고, 프레디와 프레지날드도 계속 그를 따라갔다.

"마차만 준비해 주신다면." 프레디가 말을 꺼냈다. "제가 스무 마리 정도를 데려올 수 있습니다. 그리고 먹이만 충분히 주신다면 따로 돈을 지불하지 않으셔도 되고요."

"오호, 그래? 그럼 그렇게 하지." 주인이 말했다. "가축들을 이리로 데리고 와." 그러더니 주인은 발걸음을 멈추고 프레디를 쳐다보았다. "이런 세상에!" 그가 말했다. "네가 돼지라는 걸 깜빡했구나. 난 네가 누군지 알고 있지. 너 탐정이지? 도대체 무슨 생각으로 이런 계약을 맺으려고 하는 거지?"

"사실은요." 프레디가 자초지종을 설명하기 시작했다. "일자리를 구하고 있는 동물들이 지금 한 오륙십 마리 정도 되거든요. 지금 서커스단에 있는데……."

"그래, 난 그런 많은 동물들은 필요 없는데." 맥기니스 씨가 말했다. "나는 말만 있으면 되거든."

"아! 말도 몇 마리 있어요, 그리고 나머지 동물들도 말이 하는 일 정도는 할 수 있고요. 어떤 동물들은 그보다 더 일을 잘 해요. 제가 확실히 보장하죠."

"물론 그럴 수야 있겠지." 주인이 말했다. "하지만 그렇게 되지 않을걸. 그렇게 많은 서커스단의 동물들을 여기다 데려다 놓으면 어떤 일이 벌어질 줄 아니? 구경꾼들이 몰려들어서 일을 조금도 못하게 될 거란 말야."

"아니에요, 그렇지 않아요." 프레디가 말했다. "지난 일주일 동안 두 서커스단이 센터보로에서 공연을 했어요. 그렇기 때문에 이제 사람들한테는 동물들이 조금도 신기하지 않다고요. 더 이상 구경하고 싶어하지도 않아요. 물론 몇 명 정도는 안 그럴 수도 있지만 사람들이 접근하지 못하게 저희가 알아서 할게요. 악어 두 마리를 시켜 보초를 서게 하면 될 거예요."

"흠." 맥기니스 씨가 심각한 표정으로 말했다. "지금까지 한 번도 돼지랑 사업을 해 본 적이 없는데……. 하지만 나는 한 번도 해 본 적이 없다는 이유로 새로운 시도를 나쁘게 생각하는 사람이 아니지. 좋아. 그럼 그들을 데리고 와. 사무실에 있는 조수에게 필요한 만큼의 사료 양을 알려주면 준비해 둘 거야. 그리고 정해진 시

아기곰 프레지날드

간 내에 작업을 마친다면 네 먹이도 따로 챙겨 주지."

먹이 문제가 해결되자 프레디는 파업을 유발하는 일에 착수했다. 이미 해켄메어 씨네 거의 모든 동물들과 이야기가 된 상태였기 때문에 그들의 탈출을 돕는 것말고는 특별히 할 일도 없었다. 프레지날드와 함께 서커스단으로 돌아온 프레디는 저녁 시간이 될 때까지 기다렸다가 레오와 한니발, 그리고 유스타스와 오랫동안 회의를 했다. 그리고 마침내 그들은 완벽한 계획을 세웠다.

프레디는 빈 아저씨네 농장으로 되돌아갔다. 그리고 다음날, 날이 어두워지자 가장 믿을 만한 6번, 27번, 34번 토끼들을 해켄메어 씨네 동물들에게 보내 탈출 준비를 하도록 일렀다. 토끼들은 세 시간쯤 뒤에 돌아와서 해켄메어 씨와 그의 부하들이 모두 잠자리에 들었으며, 동물들은 모두 준비를 마친 상태라고 알려주었다. 잠시 후 그들과 함께 갔던 유스타스도 돌아왔다.

"그런데 아무리 해도 열리지 않는 우리가 하나 있어." 유스타스가 말했다. "솔직히 말하면 그건 우리가 아니라 마차인데, 작은 창문이 두 개 달려 있지만 안을 들여다볼 수 없고, 문에는 무거운 자물쇠가 채워져 있어. 다른 동물들도 그 마차에 대해서는 잘 모르고 있던데……. 그냥 아주 사나운 고릴라가 들어 있다고 짐작만할 뿐 고릴라를 직접 본 적도 없고, 그 고릴라가 밖으로 나온 적도 없다고 해. 해켄메어 씨와 인디언인 페드로만 그 안에 들어가는

데, 페드로는 하루에 세 번씩 냅킨으로 덮은 쟁반을 들고 그곳에 간다고 하더군."

"그러면 그곳은 그냥 내버려두자." 프레지날드가 말했다. "그래 봤자 별 차이가 없으니까. 해켄메어라는 작자도 고릴라 한 마리만 데리고는 공연을 못할 테니."

"그런데, 뭘 기다리는 거야." 레오가 답답하다는 듯이 말했다. "당장 시작하자."

"붐슈미트 아저씨가 주무실 때까지 기다리는 게 좋아." 프레지날드가 레오를 말렸다. "아마 우리의 계획을 아시게 되면 절대로 허락하지 않으실걸."

결국 동물들은 붐슈미트 아저씨가 주무실 때까지 조용히 기다리기로 했다. 잠시 후 희미하게 규칙적인 소리가 들려왔다. 너무도 평화롭고 친근한 그 소리 사이사이로 호랑이의 그르렁거리는 소리와 함께 파도가 부서지는 소리가 들려왔다. 희미하게 들리던 소리는 점점 더 커지기 시작했는데, 그것은 다름 아닌 붐슈미트 아저씨의 코고는 소리였다.

"이제야 깊은 잠이 드셨군." 한니발이 말했다. "얘들아, 이제 가자."

조용히 서커스단 밖으로 나온 그들은 강을 따라 내려갔다. 해켄메어의 텐트를 지나 방향을 바꿔 들판을 가로질러 반대편 서커스단의 뒤쪽으로 들어가니 코끼리들이 말뚝에 매어져 있었다. 나머지 동물들이 기다리고 있는 사이 한니발이 고양이처럼 재빨리 몸을 움직였다. 코끼리들의 앞발은 쇠사슬에 묶여 커다란 말뚝에 단단히 메어져 있었는데, 이것은 그들이 세운 계획 가운데 가장 어려운 부분이었다. 다행히도 한니발의 도움을 받아 그들은 말뚝을 뿌리 채 뽑아내는 데 성공했다. 그런데 바로 그때 서커스단 전체를 깨울 만큼 요란한 쇠사슬 부딪치는 소리가 울려 퍼졌다.

프레지날드의 생각에 거의 한 시간이 지났을 무렵, 코끼리들이 마치 거대한 유령처럼 어둠 속에서 모습을 드러냈다. 코끼리들은 저마다 코에 말뚝을 하나씩 들고 있었는데, 너무도 조심스럽게 걸었기 때문에 기껏해야 딱 한 번 헐거워진 쇠사슬 고리가 쩽하고 덤불에 살짝 부딪치는 소리가 났을 뿐이다. 그들은 그렇게 방앗간 공사 현장을 향해 걸어갔다.

프레지날드는 레오를 따라갔다. 원숭이 우리 문을 열고 원숭이들에게 말을 풀어 주는 방법을 설명하고 있는 한니발을 지나 마차들이 세워져 있는 곳에 도착했다. 빗장을 풀고 조심스럽게 마차 문을 여니 흥분한 얼굴들이 그들을 맞아 주었다. 프레지날드는 하이에나 두 마리와 암소 한 마리를 풀어 준 뒤 회색곰을 풀어 주었다. 그런데 곰이 다정하게 "어이, 형!" 하고 부르면서 등을 때리는 바람에 하마터면 넘어질 뻔했다. 프레지날드는 다시 라자의 우리

빗장을 풀고 조심스럽게 마차 문을 여니 흥분한 얼굴들이 그들을 맞아 주었다.

아기곰 프레지날드

로 향했다.

라자가 갇혀 있는 우리로 향하던 그는 잠시 망설였다. 해켄메어가 자신을 그곳에 가두려고 했던 일이 떠올랐기 때문이다. 럭키역시 이 호랑이가 유난히 거칠다고 말했다. 하지만 조바심이 나서라자가 더 이상 참지 못하고 으르렁거리자 그는 결국 빗장을 풀어주었다.

호랑이는 단숨에 밖으로 뛰어나왔다. "뒤쪽으로 가서 길을 따라내려가." 프레지날드가 속삭였다.

그러나 라자는 씩 하고 웃으며 말했다. "뒤로 가라고? 천만의 말씀. 나는 먼저 해크와 할 이야기가 있어. 친구들간의 대화라고 해두지. 어쩌면 그가 나에게 먹을 것을 접대할지도 몰라." 그리고는소리를 죽여 가면서 웃었다.

"그러면 안 돼." 프레지날드가 단호하게 말했다. "잘못하면 네가모든 계획을 망칠 수 있어. 너 때문에 서커스단이 시끄러워지면반이나 남은 동물들은 도망도 못 간단 말야."

"그들도 굳이 도망칠 필요가 없을걸." 라자가 말했다. "해켄메어씨가 더 이상 그들을 괴롭히지 않는다면 말야. 꼬마야, 물러서는게 좋을걸. 나는 너에게는 감정이 없지만, 해크의 다리를 분질러버릴 거야. 하, 다리를 분지른다, 정말 멋지지 않아?"

바로 그때 "멋지기도 하겠다."라며 굵은 목소리가 들려왔다. 고개를 돌려 보니 한니발이 서 있었다. 코를 위로 만 채 기다란 흰 어금니를 호랑이 옆구리에 바싹 대고 있었다. "라자, 빨리 움직여, 그렇지 않으면 내가 가만있지 않을 거고, 아마 붐슈미트 아저씨네 현관에는 호랑이 가죽으로 만든 멋진 카펫이 깔리게 될걸."

라자는 귀를 축 떨어뜨린 채 뒷걸음질을 쳤다. 그러더니 곧 다시 귀를 쫑긋 세우고는 씩 웃었다. "좋아." 그는 아주 착한 척하며 말했다. "미안해, 코끼리야. 나도 파티를 망칠 생각은 없어." 그리고 는 다른 동물들을 따라 내려갔다.

그 뒤로는 모든 일이 계획대로 순조롭게 이루어졌다. 한 시간 만에 모든 동물들이 서커스단을 빠져나가는 데 성공했다. 바보처럼 킥킥거리고 잘 웃으며 때와 장소를 가리지 않고 장난을 치는 얼룩말도 이 날만은 소란을 피우지 않았다.

다음 날 아침 7시 30분 경, 맥기니스 씨가 건설 현장에 도착했을 때 모든 동물들이 작업 준비를 마치고 기다리고 있었다. 스캐터트와이트 아저씨네 농장으로 간 두 마리 말과 요크를 제외한 나머지는 모두 둘씩 줄을 맞추어 서서 새로운 주인의 검사를 기다리고 있었다. 맥기니스 씨가 동물들 앞으로 천천히 걸어가자 프레디와 프레지날드와 레오도 그 뒤를 따랐다. "곰이잖아!" 혀를 끌끌 차던 맥기니스 씨가 드디어 말문을 열었다. "버팔로! 순록! 세상에, 이럴 수가! 이들을 데리고 무슨 작업을 하겠어! 누구 카메라 가진

사람 없어? 내가 호랑이 무리를 훈련시키는 사진을 찍어서 마요 카운티에 살고 계신 우리 어머니께 보내드리고 싶군."

점검이 끝나자 인부들은 동물들에게 마구를 채웠다. 어떤 마구들은 손을 많이 봐야 했지만, 그래도 정오가 가까워지자 동물들은 모두 작업에 참여할 수 있게 되었다. 해켄메어 씨의 손아귀에서 풀려난 것이 너무도 행복했던 그들은 소리를 지르고 노래를 부르며 다른 말들보다 두 배나 열심히 일을 했다. 센터보로 하적장에서 작업장까지 건축 자재를 나르는 일을 맡은 사자 팀은 왕복 7킬로미터나 되는 거리를 벽돌을 가득 싣고서 정확히 26분 만에 다녀오기도 했다. 덩치가 작은 동물들도 작업에 참여했는데, 물건을 들고 있거나 심부름을 하는 등 제 몫을 다했다. 맥기니스 씨는 그런 모습에 매우 흐뭇해했다. 전반적인 작업장 분위기가 바뀌자 사무실에 앉아 있던 뚱뚱보 조수도 주인을 비난하는 그림을 그리던 일을 중단하고 작업에 동참했다.

모든 일이 순조롭게 돌아가고 있다는 것을 확인한 뒤에야 프레지날드와 레오는 맥기니스 씨에게 작별의 인사를 했다.

그리고 막 작업장으로 떠나려고 하는 순간 말타기 곡예를 담당하는 로드가 전속력으로 달려왔다. 그 위에는 밝은 체크 무늬 정장에 비단 모자를 쓴 작고 통통한 사람이 아슬아슬하게 올라타 있었다.

"저런." 레오가 말했다. "붐슈미트 아저씨네! 이제 난 죽었다!" 그리고는 목재 더미 뒤로 재빨리 몸을 숨겼다.

붐슈미트 아저씨는 프레지날드 바로 옆에 멈추어 섰다. "세상에, 프레지날드." 아저씨가 말했다. "사방으로 널 찾아다녔잖아. 도대체 어디 있었던 거니? 또 지금까지 뭘 했던 거야? 너 때문에 난리가 났다고! 레오, 그만 목재 뒤에서 나오지. 어, 꼬리가 삐쳐 나온 거 다 보인단 말야."

"단장님, 안녕하세요." 레오가 아무렇지 않은 듯 걸어나오면서 활짝 웃었다. "여기 계신 줄 몰랐어요."

"그런 거짓말하면 안 돼. 정말, 너 날 못 봤니? 해크의 동물들이 모두 다 여기 와 있구나. 지금 서커스장에서는 난리가 났는데 말야. 해크가 보안관을 보냈다고. 자기 동물들을 훔쳐 갔다고 나를 고소했어. 지금 당장 이들을 데리고 가야 해."

"단장님, 유감스럽지만 그렇게 할 수 없어요." 프레지날드가 단호하게 말했다. "동물들이 가려고 하지 않을 거예요. 지금 이들은 파업 중이라고요."

"뭐? 아이고 머리야! 파업 중이라고? 동물들이? 왜?"

"뭐, 그거야 당연하죠." 레오가 거들었다. "더 나은 생활 환경을 위해서죠. 해켄메어 씨가 동물들에게 어떻게 대했는지 아저씨도 잘 아시잖아요. 이제 더 이상 참을 수 없게 된 거라고요."

"세상에." 붐슈미트 아저씨가 한숨을 쉬었다. "그들이 행복하지 못하다는 건 참 안 된 일이야. 하지만 어쨌든 저 동물들은 해켄메어 소유야. 너희들이 관여할 일이 아니라고. 내가 보기에 동물들이 도망칠 수 있게 도와준 게 바로 너희들 같은데?"

"단장님, 이번에 아주 혼을 내 주세요." 로드가 고개를 돌려 주인을 올려다보며 말했다. "항상 너무 잘 대해 주셔서 그래요. 레오는 한 번도 혼내신 적이 없잖아요. 아야!"

옆에 서 있던 레오가 한방 먹이자 로드는 갑자기 히잉 하면서 옆으로 물러섰다. "그만! 레오야! 그만해, 내가 간지럼을 잘 타는 거 너도 알잖니! 그만하라니까!"

"레오야, 하지 마!" 붐슈미트 아저씨 소리를 질렀는데, 로드의 갈기를 꽉 부여잡느라고 아저씨 머리에 올려져 있던 모자가 바닥으로 떨어졌다. "제발 좀 그만해, 오늘 소동을 일으킨 것만으로도 부족하니?"

"죄송해요, 단장님." 레오가 붐슈미트 아저씨의 모자를 집어 주며 말했다. "아무리 참으려고 해도 참을 수가 없어요. 낄낄거릴 때 보면 로드는 정말 바보 같거든요."

"도대체." 붐슈미트 아저씨가 말했다. "어떻게 해야 좋을지 모르겠다. 오, 저런, 보안관이 여기까지 왔네." 두 남자가 올라탄 마차를 발견하고 아저씨가 말했다.

그중 한 명은 해켄메어 아저씨의 군악대장인 럭키였고, 다른 한 명은 그보다 나이가 조금 더 지긋한 노인으로, 와이셔츠 차림에 턱에는 회색 구레나룻을 기르고 조끼에 은색의 별 모양 배지를 달고 있었다.

맥기니스 씨에 이어 붐슈미트 아저씨가 말을 탄 채 그들을 맞으러 나갔고, 프레지날드와 레오가 그 뒤를 따랐다.

"이 동물들을 돌려줘야 합니다." 보안관이 말했다. "여기 이 젊은이는 해켄메어 씨의 조수로 당신을 고발했습니다. 이 사람 말에 따르면 이 동물들은 해켄메어 씨의 소유라고 하는 대요."

"전 그 문제에 대해서는 잘 모릅니다." 맥기니스 씨가 말했다. "어제 한 독립 계약자가 찾아와서는 일꾼들을 보내 주겠다고 제안

아기곰 프레지날드

을 했죠. 그러더니 여기 이 동물들을 데리고 왔고, 그래서 이들이 지금 여기서 일을 하게 된 겁니다. 만약 지금 이 동물들을 데리고 간다면 나는 거래 제한 등의 이유로 당신을 고소하지 않을 수 없소."

"나는 소송에 휘말리고 싶지 않은데……." 보안관이 걱정스러운 얼굴로 말했다. "보안관 일을 하는 것도 다 그것 때문이지. 무슨 일이 있든지, 내가 내 자신을 체포하는 일은 없을 테니까 말이오. 자, 그럼 문제의 발단부터 알아봅시다. 그 계약자가 누구요?"

"프레디라고 하오." 맥기니스 씨가 웃으면서 대답했다.

"프레디!" 보안관이 소리를 질렀다. "잠깐만, 그러니까 빈 농장에 살고 있는 그 돼지를 말하는 거요?"

"어디에 살고 있는지는 모릅니다만, 하여튼 아주 똑똑한 사업가인 것만은 틀림없소."

"똑똑하기야 말할 수 없이 똑똑하지." 보안관이 말했다. "게다가 프레디는 이 지역 최고의 탐정이오. 나에게도 많은 도움을 주었지. 만약 프레디가 이 사건과 관련이 있다면 별일 없을 거요." 보안관이 럭키를 바라보며 말했다.

"이들은 해켄메어 씨의 동물들입니다." 럭키가 말했다. "그리고 저는 이들을 데려오라는 명령을 받았고요. 저는 꼭 동물들을 데리고 가야 해요. 안 그러면 직장에서 쫓겨난다고요."

이렇게 말한 그는 맥기니스 씨의 머리 너머를 보더니 갑자기 얼굴이 하얗게 질려 말했다. "저런, 세상에! 맥기니스 씨, 당신은 지금 큰 잘못을 저지르고 있어요. 당신이 지금 마차에 매어 논 호랑이가 지금까지 인간이 잡은 호랑이들 가운데 가장 사나운 놈이란 걸 알고 있나요?"

"저 호랑이는 이제 더 이상 잡혀 있는 신세가 아닙니다." 맥기니스 씨가 말했다. "그렇기 때문에 더 이상 사나운 행동을 하지도 않을 것입니다. 이봐!" 그가 마차 몰이꾼을 향해 손짓을 했다. "이리로 와 보게."

럭키는 겁을 먹은 것 같았지만 호랑이들이 다가와도 계속 자리를 지켰다. "안녕, 럭키." 라자가 순하게 인사를 건넸다.

"어⋯⋯. 안녕, 라자." 럭키가 조심스럽게 말했다. "그런데, 이게 다 어떻게 된 거지?"

"우린 지금 파업 중이야."

"왜?"

"그래, 내가 설명해 주지." 호랑이가 말했다. "너는 항상 우리들에게 잘해 줬어. 우리도 너한테는 아무런 감정도 없어. 하지만 해켄메어는⋯⋯." 호랑이는 화가 난 듯 으르렁거렸다. "그놈이 우리한테 어떻게 했는지는 너도 알잖아."

"그래, 알지, 라자. 하지만 그래도 그는 너희들 주인이야. 그리고……."

"주인 좋아하시네!" 라자가 비꼬듯이 그의 말을 가로막았다. "만약 우리가 돌아오기를 원한다면 직접 와서 우리를 데리고 가라고 해. 그러면 우리가 그를 성대하게 맞아 주겠어!"

붐슈미트 아저씨가 그들에게로 다가왔다. "난 정말 이해가 되지 않아." 하고 그가 말했다. "해크는 항상 동물들에게 잘 대해 주었는데 말야. 동물들 역시 그를 잘 따랐고. 모르티머 멘도자만 빼고 말야. 나는 지금까지 동물들을 그렇게 학대하는 사람은 본 적이 없다니까. 그는 말야……."

"잠깐만요, 붐슈미트 아저씨." 프레지날드가 흥분한 듯 아저씨의 말을 막았다. "지금 멘도자의 성이 모르티머라고 하셨어요? 옛날에 함께 일을 했다던 그 곡마단장 말예요?"

"그래, 그렇단다."

"아, 이제 해켄메어 씨가 누구인지 이제 알겠어요. 그 사람이 바로 멘도자예요."

"그럴 리가." 붐슈미트 아저씨가 말했다. "멘도자는 수염이 없는데다……."

"검은색 생머리를 하고 있죠?" 프레지날드가 거들었다. "하지만 지금은 콧수염을 기르고 머리에는 웨이브를 넣었답니다. 그래서 감쪽같이 해켄메어 씨처럼 보였던 거죠. 붐슈미트 아저씨, 이제야 말씀드리지만, 우연히 그가 혼잣말로 중얼거리는 것을 들었는데, 자신을 모르티머라고 부르더라고요. 장담하건대 분명 제 말이 맞아요."

"이봐, 친구." 럭키가 웃으면서 말했다. "자네 말이 맞아. 나도 그가 자신을 모르티머라고 부르는 소리를 들은 적이 있어."

"원, 세상에 저런 나쁜 놈이 있나!" 붐슈미트 아저씨가 흥분했다. "만약 그가 멘도자라고 하면, 해크는 어디 있지? 도대체 그놈이 내 친구를 어떻게 한 거냐고? 이봐요, 보안관 양반, 지금 한 남자가 다른 남자 흉내를 내고 다니는데, 그 다른 남자의 행방이 묘연하오. 이게 오히려 불법 아닌가요?"

"물론이오!" 보안관이 말했다. "당연히 그럴 거라고 생각하오. 정확히는 모르겠지만 말이오. 어쨌든 난 지금 뭐가 뭔지 하나도 모르겠소. 도대체 누가 사라졌다는 겁니까?"

"이 문제는 나중에 해결하면 안 될까요?" 맥기니스가 끼여들었다. "보안관님, 전 지금 할 일이 태산 같아요. 지금 당장은 이 동물들을 서커스에 돌려주지 않아도 될 것 같은데요."

"그건 당신의 착각이오." 보안관이 말했다. "나는 내가 해야 할 일이 있고 지금 그 일을 당장 실천에 옮겨야 합니다."

"좋소." 라자가 끼여들었다. "정 그렇다면 어디 나 먼저 끌어가 보시지." 그리고는 금방이라도 싸울 듯한 기세로 씩 하고 웃었다.

그 말에 보안관이 인상을 찌푸렸다. "너는 덩치가 큰 호랑이인데다 나 혼자 어쩔 수 없다는 것도 잘 알고 있을 거야. 하지만 이것만은 말해 둬야겠어. 이 지역에는 법이라는 게 있는데, 만약 나 혼자 힘으로 법을 집행하지 못하면 그때는 주지사를 찾아가게 되어 있어. 그러면 그가 권총과 장총으로 무장한 주 방위군을 이곳에 보내지. 만약 내가 너라면 그렇게 큰소리를 치기 전에 한번 더 생각해 볼걸."

　이 말을 들은 라자는 잠시 생각에 잠기는가 싶더니, 곧 다시 웃는 얼굴로 이렇게 말했다. "보안관님의 충고를 잘 생각해 보지요. 하지만 주방위군을 봐야 확실하게 결정을 내릴 수 있을 것 같은데요."

　"라자 말이 맞아요." 갑자기 럭키가 끼여들었다. "해켄메어인지 멘도자인지 하는 사람은 동물들을 학대했다고요. 다시는 그에게로 돌아가지 않을 거예요. 나한테는 부양해야 할 가족이 있고, 서커스단에서 다시 일자리를 얻기는 물론 힘들겠지만요. 하지만 저는 이제 그 일을 그만둘 거예요. 그러니까 보안관님, 저는 빼 주세요. 그리고 그가 동물들이 돌아오기를 바란다면 직접 와서 데리고 가라고 하세요."

　보안관은 머리를 긁적거렸다. "좋소." 그가 말했다. "좋아요, 그럼 도대체 내가 어떻게 해야 하는 거요?"

"원, 이런." 붐슈미트 아저씨가 말했다. "내 생각엔 멘도자를 체포하는 건 보안관님 자유인 것 같소. 아니면 최소한 그를 찾아가서 해크가 어디 있는지 실토하게 만드세요. 세상에, 그가 하지도 않은 일 때문에 그와의 사이가 벌어지고 말다니!"

"단장님, 이 멘도자라는 놈이 아무래도 단장님을 가지고 논 것 같은데요." 로드가 말했다.

"로드, 넌 입다물고 있어." 붐슈미트 아저씨가 로드의 말을 가로막았다. "내 일은 내가 알아서 해결한다고. 내가 가서 그놈을 직접 만나 봐야겠어. 레오, 그놈을 만나러 가자. 전에도 만나자는 내 청을 거절한 적이 있었지. 아마도 내가 놈을 알아볼까 봐 그랬던 것 같아. 이제 그놈을 만나면 놈이 진짜 해크인지 아닌지 알 수 있겠지. 만약 해크가 아니라면, 놈에게 해 줄 말이 있어! 그런데 해크가 어디에 있는지 알았으면 좋으련만!"

"저는 그가 어디에 있는지 알 것 같아요." 럭키가 말했다. "저도 함께 가겠어요. 우리가 이 일을 해결할 수 있을 것 같아요."

"그렇다면." 보안관이 말했다. "나는 나중에 가 보겠소."

"아니, 안 됩니다." 붐슈미트 씨가 반대 하고 나섰다. "보안관께서도 함께 가셔야 합니다. 법을 집행해 줄 사람이 있어야 합니다."

"단장님, 보안관님이 안 계셔도 될 것 같은데요." 하고 레오가 말했다.

아기곰 프레지날드

"사실대로 말하자면." 보안관이 머리를 긁으며 말했다. "나는 어떻게 해야 할지 잘 모르겠소. 이 사건은 너무도 복잡한데, 나는 한 번도 이런 사건을 맡아 본 적이 없다오. 대부분 돼지 도둑을 죽이는 것 같은 아주 단순한 범죄들뿐이었지. 그러니까 당신들끼리 가서 당신들 방식대로 일을 해결하시오. 게다가 오늘 저녁엔 센터보로에서 이스트 와담스의 야구 경기가 열리거든요. 보안관이 시구를 하지 않으면 경기가 열릴 수 없다고요. 설마 야구 경기를 망칠 생각은 아니겠죠?"

"단장님, 야구 경기를 망치면 안 돼요." 로드가 말했다. "미국인으로서 그러면 안 되죠."

"좋아요, 보안관님, 잘 알겠습니다." 붐슈미트 아저씨가 말했다. "그런데 만약 그 사기꾼을 체포하고 싶으면 어떻게 하죠?"

"감방 열쇠가 현관 깔개 밑에 있소." 보안관이 말했다. "놈을 감방에 밀어 넣은 뒤 문을 잠그고 열쇠를 다시 제자리에 놓으면 돼요."

맥기니스 씨와 작별 인사를 나눈 뒤 붐슈미트 아저씨는 럭키와 프레지날드, 레오를 데리고 서커스 장을 향해 떠났다. 해켄메어 서커스단의 동물들은 한 줄로 늘어서서 문을 나서는 그들을 향해 손을 흔들어 주었다.

18. 두 명의 해켄메어 아저씨

붐슈미트 아저씨는 해켄메어의 서커스단을 향해 바로 달려가고 싶었지만, 레오와 프레지날드가 만약의 경우에 대비해 힘센 보초가 그곳을 지키고 있다면서 아저씨를 말렸다. 그들은 가는 길에 빌 옹크스와 다른 두 명의 남자를 함께 코끼리에 태워 가기로 했다. 그러나 이것이 마음에 들지 않았던 레오는 프레지날드와 조용히 이야기를 나눈 뒤 이렇게 말했다.

"저…… 단장님, 프레지와 저는 지금 너무 피곤해요. 밤을 꼬박 샜거든요. 죄송하지만 저희는 빠지면 안 될까요? 괜찮으시다면 잠시 눈을 붙였으면 좋겠는데요."

아기곰 프레지날드

붐슈미트 아저씨는 조금 실망한 듯했지만 곧 허락해 주었다. 그러나 레오가 빠지자 코뿔소인 한니발과 제리, 털이 덥수룩한 나이든 버팔로인 빌 아저씨 그리고 가장 덩치가 큰 호랑이 두 마리와 발디와 독수리가 따라나섰다. 그들은 원을 그리며 강에서 멀찍이 떨어진 숲을 통해 해켄메어의 캠프로 다가갔다. 들키지 않을 정도로 가까이 도달했을 때 발디가 가장 높은 소나무 꼭대기로 날아가 주변 상황을 살핀 다음 그들에게 알려주었다.

사실 그들에게는 발디가 그렇게 큰 도움이 된 것은 아니었다. 왜냐하면 나뭇잎이 무성했기 때문에 한니발조차도 다른 사람들 눈에 띄지 않고 가장 큰 텐트 앞 공터에서 무슨 일이 일어나고 있는지 충분히 알아 올 수 있었기 때문이다.

붐슈미트 아저씨는 럭키와 다른 세 남자를 데리고 텐트 가까이 다가가서 팔에 권총을 든 채 그들을 제지하는 한 남자와 이야기를 나누었다. 커다란 텐트 입구에는 막대기와 곤봉으로 무장을 한 남자들이 잔뜩 모여 있었다. 파업을 하는 동물들을 잡으러 떠날 태세를 갖춘 그들 가운데 한두 명은 총을 가지고 있었다. 해켄메어 — 지금은 멘도자라고 불러도 좋다 — 는 보이지 않았다.

"다시 한번 말씀드리지만," 총을 든 남자가 말했다. "단장님께서는 당신을 만나고 싶어하지 않습니다. 그러니 문제가 커지기 전에 어서 이곳을 떠나는 게 좋을 겁니다. 만약 순순히 돌아가지 않으면 당신을 던져 버려도 좋다고 말씀하셨습니다."

"조, 네 처신이나 잘해." 럭키가 말했다. "우리가 지금까지 단장이라고 모셔 왔던 사람은 사기꾼이야. 그는 해켄메어가 아니야. 그는 멘도자라고."

"아, 말싸움은 이제 넌덜머리가 난다." 조가 말했다. "너희들은 무엇이든지 다 가져갈 수 있다고 생각하는 모양이지? 동물들을 몽땅 훔쳐 가더니 이제는……."

"정말 답답하군." 붐슈미트 아저씨가 말했다. "첫째, 동물들은 너희들 게 아니야. 해켄메어 씨 건데, 지금 그 사람은 여기 없어. 좋아, 멘도자, 네가 나오지 않으면 내가 안으로 들어가지. 자 가자, 로드."

아저씨의 말에 로드는 옆으로 피하면서 조를 발로 차서 날려 버렸다. 그리고는 텐트 입구를 향해 곧장 달렸다. 붐슈미트 아저씨는 한쪽 손으로 모자를 잡은 채 말안장 위에 납작 엎드렸다. 말이 번개처럼 달려들자 입구를 지키고 있던 남자들은 옆으로 나뒹굴었다. 그리고 잠시 후 말과 붐슈미트 아저씨는 텐트 안으로 사라졌다.

"얘들아, 이때다!" 발디는 부리를 아래쪽으로 향한 채 강력한 날갯짓을 하면서 소나무 가지 위로 날아올랐다. 고함 소리와 함께 동물들이 몰려나오자 조는 우왕좌왕하면서 "저놈들을 쫓아내. 서

아기곰 프레지날드

커스단 밖으로 몰아내라고." 하고 고함을 질렀다.

　그러자 그의 부하들이 한 줄로 나란히 늘어서더니 앞을 향해 천천히 걸어나왔다. 조는 어깨 위에 총을 걸치고 있었다. 총은 레오를 겨누고 있었는데, 그가 미처 총을 쏘기도 전에 어두운 그림자가 풀밭을 가르며 날아오더니 총을 빼앗아 갔다. 발디가 조를 향해 급강하한 것이다. 총의 무게 때문에 힘들게 날갯짓을 하던 독수리는 강 위로 날아오르다가 결국 총을 강물에 빠뜨렸다.

　동물들이 일제히 몰려오는 것을 본 패거리는 당황했다. 결국 무기를 내려놓고는 마차 사이로 몸을 피했다.

"그냥 내버려둬!" 레오가 소리쳤다. "빨리 저 큰 텐트로 들어가자. 붐슈미트 아저씨를 찾아야 해."

동물들은 모두 방향을 바꾸어 텐트로 향했다. 하지만 이번에도 속도를 죽이지 못한 제리는 그만 텐트를 지나쳐 마차 사이로 사라지고 말았다. 동물들이 무리를 지어 서커스장 입구를 통과하려는 순간 어디선가 꽝 하고 부딪치는 소리가 들리자 레오가 웃음을 터뜨렸다.

"제리가 돌아올 때까지 기다려야겠군. 만약 제리가 이쪽으로 뛰어오면 빨리 점프를 해야 해. 아이고 골치야! 저기 좀 봐!"

동물들이 일제히 발걸음을 멈추었다. 둥근 공연장 한 가운데에 멘도자가 서 있었다. 그는 한 손으로 동그랗게 말린 수염 끝부분을 빙빙 돌리면서 다른 한 손으로는 붐슈미트 아저씨에게 총을 겨누고 있었다. 붐슈미트 아저씨는 머리 위로 손을 올린 채 로드 위에 꼼짝도 하지 않고 앉아 있었다.

"너희들 모두 꼼짝 마. 안 그럼 방아쇠를 당기고 말 테다." 그가 새로운 방문객을 향해 말했다. "자, 붐슈미트 씨, 이제 결론을 내릴 때가 되었지. 너는 나를 멘도자라고 부르는데, 과연 그것을 증명해 보일 수 있어? 아마 그럴 수 없을걸. 절대로 그런 일은 일어나지 않을 거야. 하지만 나는 네가 내 동물들을 훔쳐 갔다는 걸 증명해 보일 수 있지. 그럼 너는 상당히 곤란한 처지에 놓이게 될 거고……."

"저길 봐!" 프레지날드가 속삭였다. "너희들 절대 움직이면 안 돼. 놈이 우리가 본 것을 알아차리지 못하게 해야 한단 말야."

바로 그때 멘도자 뒤쪽 탈의실 입구에 한 남자가 서 있는 것이 보였다. 키가 홀쭉하고 마른 것이 멘도자, 아니 해켄메어라고 주장하는 사람과 비슷해 보였는데, 굽슬굽슬한 검은머리와 길게 말려 올라간 콧수염까지 똑같았다. 심지어 그가 입고 있는 파란색과 노란색으로 된 유니폼까지 같았다.

잠시 탈의실 입구에 서 있던 그는, 붐슈미트 아저씨께 움직이지 말라는 동작을 해 보이면서 까치발로 곡예용 그네 위를 걸어왔다. 나무로 만든 그네 봉은 탈의실 출입구 한쪽 기둥에 매여 있었는데, 그네 줄은 멘도자 머리 위에 올려져 있는 또 다른 나무 봉과 연결되어 있었다.

"이봐, 멘도자." 하고 붐슈미트 아저씨가 입을 열었다. "나는 누구를 괴롭히고 싶은 생각이 조금도 없어. 다만 네가 내 오랜 친구인 해크에게 나쁜 짓을 했기에 그걸 바로잡고 싶은 것뿐이야. 얘들아, 놈을 붙잡아." 아저씨가 갑자기 소리를 질렀다.

위로 올라간 그 남자는 두 손으로 그네 봉을 붙든 다음 텐트 반대편을 향해 단숨에 날아갔다. 그러면서 양발로 멘도자의 어깨를 밀자 멘도자는 바닥에 나뒹굴었다. 그러더니 그도 나무 봉을 잡고 있던 손을 놓고 사기꾼 위로 떨어졌다. 두 남자는 나무 껍질이 깔려 있는 바닥에서 서로 뒤엉켜 구르면서 주먹질을 하기 시작했다. 텐트 안에는 순식간에 먼지가 하얀 구름처럼 피어올랐다.

동물들이 달려들어 두 남자를 떼어 놓았다. 두 남자는 한 동안 서로를 노려보며 서 있었고, 그러는 사이 봄슈미트 아저씨는 말에서 내려 그들이 있는 곳으로 걸어갔다.

"저런." 아저씨가 말했다. "이거 도저히 구분이 안 되는군. 해크를 보면 금방 알아볼 수 있을 거라고 생각했었는데 말야. 게다가 뒤엉켜 싸우기까지 했으니 원, 레오! 어, 그래 너 여기 있었구나. 레오야, 너는 눈썰미가 좋으니 누가 누군지 알아볼 수 있겠지?"

"아이쿠, 단장님." 레오가 얼굴을 찡그렸다. "저도 모르겠는데요. 두 사람이 너무 똑같아요."

그러자 두 남자가 동시에 "내가 해켄메어다." 라고 주장했다. 두 남자는 한동안 서로를 노려보더니 상대편을 가리키면서 "저자가 멘도자요, 당장 체포하시오." 라고 말했다.

그때 탈의실 출입문 너머에서 "단장님! 어디 계세요?" 하는 제리의 목소리가 들려왔다. 그러더니 잠시 후 코뿔소가 고개를 내밀고 주위를 살폈다. "아, 저기 계시네. 단장님, 제가 일 분 전에 마차를 박아 버렸지 뭐예요. 그 바람에 마차 안에 있던 물건들이 다

아기곰 프레지날드

바닥에 쏟아졌어요. 그 안에 어떤 남자가 있었는데요, 그 사람이 이쪽으로 달려왔어요."

"그게 나요." 두 남자 중의 한 사람이 말했다.

"아니오, 그게 나요." 그러자 다른 남자도 지지 않고 나섰다.

"그것은 분명 고릴라가 들어 있다고 했던 그 마차일 거야." 프레지날드가 말했다. "레오야, 기억나? 어젯밤에 우리가 열지 못했던 바로 그 마차 말야. 아마 멘도자가 해켄메어 아저씨를 그 안에 가두었던 것 같아."

"맞아요, 단장님." 레오도 맞장구를 쳤다. "해켄메어 아저씨가 그곳에 있었던 것 같아요. 멘도자가 서커스단을 가로챈 뒤 아저씨를 그곳에 가둔 거죠. 이제 단장님이 하실 일은 멘도자를 감옥에 처넣고 해켄메어 씨에게 서커스단을 도로 돌려주는 거예요. 이 소식을 들으면 동물들도 다시 돌아올 거예요."

"알겠어! 잘 알겠다고!" 붐슈미트 아저씨는 괴롭다는 듯이 체크무늬 손수건으로 이마를 닦으면서 소리를 질렀다. "아주 간단한 것 같지, 안 그래? 그래, 네가 그렇게 똑똑하다면 가서 멘도자를 감옥에 처넣으면 되겠다. 하지만 나는 모르겠어. 누가 진짜 해켄메어인지 모르겠단 말야."

"단장님, 너무 걱정하지 마세요." 로드가 말했다. "반드시 그걸 알아낼 수 있는 방법이 있을 거예요."

"오, 로드야, 넌 좀 조용히 해 줄래?" 붐슈미트 아저씨가 말했다. "조금도 도움이 못 되면서 끼여들기나 하다니!"

"단장님, 그럼 두 사람을 한 달 정도 지켜보죠." 하고 레오가 제안했다. "해켄메어 아저씨는 곱슬머리지만 멘도자는 생머리잖아요. 그러니까 한 달만 있으면 누가 가짜인지 알게 될 거예요."

"붐, 자네 설마 나를 감옥에 처넣진 않겠지?" 두 남자 중 한 명이 말했다. "나는 벌써 일 년이나 감옥에서 썩었다고. 그걸로도 충분해. 감옥이라면 더 이상 지긋지긋하다고."

"저기 저 악당 놈이 멘도자라는 것을 증명할 수만 있다면 나는 감옥 같은 건 하나도 두렵지 않아." 하고 또 다른 남자도 말을 이었다. "지금까지 갇혀 있었는데 한 달 더 있는다고 뭐가 어떻게 되겠어?"

동물들은 두 사람의 이야기만 듣고도 누가 진짜 해켄메어 아저씨인지 알 수 있을 것 같았다. 그러나 섣불리 결정을 내리지 못한 채 모두들 곰곰이 생각에 잠겨 있었다. 그때 프레지날드가 붐슈미트 아저씨에게 다가가더니 귀에 대고 뭐라고 속삭였다. 그 말에 붐슈미트 아저씨가 알겠다는 듯이 고개를 끄덕이고는 이렇게 말했다.

"자, 자, 이래서는 도무지 결정이 나지 않겠어. 벌써 저녁 시간이 되었군. 여기 두 남자는 나와 함께 가도록 하지. 함께 저녁 식사를 한 다음 어떻게 할지 결정하도록 하자."

그들이 돌아왔을 땐 이미 저녁 준비가 끝나 있었고, 붐슈미트 아저씨는 길게 늘어선 마차를 뒤로하고 나무 아래에 준비되어 있는 기다란 식탁 위쪽에 자리를 잡았다. 그리고 두 명의 해켄메어를 각각 양쪽에 앉혔다. 나머지 출연자들도 자리를 잡고 앉았다. 프레지날드와 레오, 다른 몇몇 동물들은 프레지날드의 계획이 성공해서 멘도자의 정체가 밝혀질 경우 그가 도망치지 못하도록 식탁 주위를 지키고 섰다.

모두들 앞으로 어떤 일이 벌어질 것인지 궁금해했다. 그러나 붐슈미트 아저씨는 두 사람에 대해서는 신경 쓰지 않은 채 날씨 이야기만 했다. 결국 아저씨의 입담에 모두들 기분이 좋아져 대화에만 열중하게 되었다. 나중에는 날씨와 기후의 차이점에 대해 아저씨가 주장을 굽히지 않는 바람에 설전이 벌어지기도 했다.

곧 요리사가 도넛이 담긴 커다란 접시를 두 남자와 붐슈미트 아저씨 앞에 내려놓았다. 아저씨는 자연스럽게 대화를 계속하면서 왼쪽에 앉은 해켄메어 씨에게 먼저 접시를 내민 다음 오른쪽에 앉은 해켄메어 씨에게도 접시를 돌렸다. 왼쪽의 해켄메어 씨는 도넛을 집어들더니 한 입 베어 물고 "음!" 하고 감탄을 했다. 그러나 오른쪽의 해켄메어 씨는 "됐습니다." 하고 사양을 했다. 그러다 곧 마음이 바뀌었는지 얼른 도넛을 베어 물고는 "음!" 하고 소리를 냈다. 그러나 만약 그가 정말로 도넛을 좋아했다면 그렇게 하지 않았을 것이다. 결국 그것을 눈치챈 레오가 프레지날드에게 신호를 보내더니 테이블 가까이로 다가섰다. 그러나 붐슈미트 아저씨는 아무것도 눈치채지 못했다는 듯이 계속 이야기에 열중했다.

그때 로즈 양이 자리에서 일어나더니 더 어두워지기 전에 끝내야 할 있어서 먼저 들어가 보겠다고 말했다. 그리고는 곧 마차 안으로 사라졌는데, 잠시 뒤에 갑자기 다시 나타나서는 "이봐요, 모르티머!" 하고 소리를 질렀다.

그 말에 왼쪽에 앉아 있던 해켄메어 씨는 고개만 돌려 바라볼 뿐 꼼짝하지 않았지만 오른쪽에 앉아 있던 해켄메어 씨는 갑자기 고개를 획 돌려 "왜? 무슨 일이야?" 하고 물었다. 이제 모든 것이 명백해진 것이다.

붐슈미트 아저씨는 이제야 오른쪽에 앉아 있는 해켄메어의 어깨 위에 손을 올려놓고는 "자, 이제 끝났어, 네가 멘도자구나!" 하고 말했다.

멘도자도 더 이상 연기를 해도 소용이 없다는 것을 깨달은 것 같았다. 그때 갑자기 멘도자가 자리에서 일어나더니 테이블을 앞으로 밀치고는 공중제비를 돌아 눈 깜짝할 사이에 레오를 지나쳐 강 아래쪽을 향해 달려갔다.

불과 몇 초 만에 평화롭던 저녁 식탁은 아수라장이 되었다. 동물과 사람들이 도망가는 멘도자를 잡기 위해 몰려갔다. 붐슈미트 아저씨가 "그냥 가게 내버려둬. 그놈을 잡아도 아무 소용이 없다고." 하면서 말렸지만 아무도 아저씨의 말을 듣지 않았다.

멘도자는 달리기 실력이 뛰어났다. 그러나 동물들이 힘이 빠진 그를 따라잡기 시작했다. 제리가 가장 앞장서서 달렸지만 그에게 정확한 방향을 알려줄 사람이 없었기 때문에 그는 목표물과는 전혀 엉뚱한 방향으로 달려갔다. 결국 그는 엄청난 양의 물을 튀기면서 강바닥에 처박히고 말았다. 나머지 동물들이 계속 자신을 추격하자 멘도자도 강물로 뛰어들고 말았다.

"그래 봤자 소용없어." 레오가 겁을 주듯이 말했다. 동물들도 강둑을 따라 죽 늘어서서 사기꾼이 반대편 강둑을 향해 헤엄쳐 가는 것을 지켜보았다.

"얘들아, 내가 마음 같아서는 놈에게 한방 먹이고 싶은데. 한방이면 끝날 것 같거든. 하지만 놈 때문에 내 손을 더럽히고 싶지 않아. 게다가 어제 손에 매니큐어를 칠했잖니." 레오는 흐뭇한 듯 친구들을 둘러보았다.

그때 "어, 저길 봐!" 하고 프레지날드가 소리쳤다. "발디가 놈을 쫓고 있어."

독수리는 강물 위를 높이 날고 있었다. 그러더니 갑자기 날개를 접고 총알처럼 아래로 곤두박질쳤다. 그러나 발디를 발견한 멘도자가 물속으로 잠수하는 바람에 그를 낚아채려던 발디의 커다란 발톱에서는 강물만 주르르 흘러내렸다.

독수리는 다시 물위로 날아오르더니 커다랗게 원을 그리고는 다시 강물을 향해 쏜살같이 내려가기를 반복했다. 하지만 그럴 때마다 멘도자는 물속으로 몸을 숨겼다. 그러나 다섯 번째 잠수를 하고 물 밖으로 머리를 내밀었을 때는 방향 감각을 완전히 잃을 듯 강 반대편이 아니라 동물들이 있는 쪽을 향해 헤엄을 치기 시작했다. "얘들아, 모두 엎드려." 레오가 소리쳤다. 그 소리에 동물들은 나무와 덤불 뒤에 몸을 웅크리고 엎드렸다.

발디는 또 다시 공격을 하지는 않았지만, 계속 물 위를 낮게 날면서 멘도자가 고개를 들고 앞쪽을 자세히 살필 틈을 주지 않았다. 풍덩풍덩하는 소리가 점점 가까워졌다. 잠시 후 발이 강바닥에 닿자 비틀비틀 강둑으로 걸어나온 남자는 풀밭 위에 드러누운 채 가쁜 숨을 몰아쉬었다. 바로 그때 동물들이 나타나 그의 주위를 에워쌌다.

19. 프레지날드, 영원한 서커스맨으로 남다

사흘 뒤 '붐슈미트 & 해켄메어' 로 새롭게 탄생한 서커스단은 다시 길을 떠났다. 럭키와 해켄메어 서커스단의 동물들이 많이 합세했지만, 그중 반은 맥기니스 씨 회사에 그대로 남기로 했다. 이 소식을 들은 맥기니스 씨는 기쁨을 감추지 못했다. 그것은 계획된 시간 내에 방앗간 공사를 마칠 수 있었기 때문만은 아니었다. 호랑이와 얼룩말과 코끼리를 비롯해 쉽게 볼 수 없는 동물들이 끄는 마차를 타고 현장에 나가면 많은 사람들의 무척 즐거워했기 때문이다. 게다가 경제적으로도 많은 도움이 되었다. 일을 빨리 끝내는 것도 그렇지만, 동물들의 일하는 모습을 보여 주는 대가로 이웃에 사는 농부들이나 구경을 온 마을 사람들에게 10센트의 입장료를 받을 수 있었기 때문이다. 규모가 제법 큰 공사일 경우에는 작업을 시작하기에 앞서 특별 관람석을 미리 만들기도 했다. 그렇게 해서 그는 삼 년 만에 큰 부자가 되었다. 사무실에 앉아 있던 뚱보 조수 아저씨도 팝콘과 껌을 팔아서 돈을 많이 벌었는데, 그는 더 이상 그림을 그리지 못할 정도로 아주 바빠졌다.

붐슈미트 아저씨와 해켄메어 아저씨는 모두 프레지날드의 도움에 고마워했다. 그래서 고마움을 표시하고자 프레지날드에게 뭐 필요한 게 없느냐고 물었지만, 프레지날드는 특별히 생각나는 것이 없었다. 그는 서커스단에서의 생활이 마음에 들었고, 한동안은 함께 여행을 하기 위해 서커스단에 남은 탐정 프레디와도 돈독한 우정을 쌓을 수 있었다. 그들은 함께 많은 시를 썼다. 가끔은 상대방에게 빨리 보여 주고 싶은 마음에 너무 급하게 쓰는 바람에 형편없는 작품이 나오기도 했다. 그러나 그들은 그것까지도 무척 즐거워했다.

그렇지만 그들 사이에도 갈등이 전혀 없었던 것은 아니다. 한번은 정말 우정에 금이 갈 정도로 심하게 싸운 적도 있다. 서커스단에는 윌프레드라는 표범이 한 마리 있었는데, 그 표범은 한없이 게으른 데다 햄을 무척 좋아했다. 심지어 저녁에 햄을 준다고 약속하지 않으면 공연을 하지 않겠다고 30분씩이나 버틴 적도 있다. 그래서 프레지날드는 그에 대해 다음과 같은 시를 썼다.

아기곰 프레지날드

아, 윌프레드는 정말 웃긴 동물이지

적어도 하루에 열 시간은 잠을 자지

그리고 눈만 뜨면 햄을 달라고 하네

토스트와 차와 차갑게 식은 햄도 찾네.

점심에는 주로

콩을 곁들인 햄과 버터 바른 비트를 먹고

지글지글 구운 햄과 신선한 햄고기가

그의 저녁 식사야.

닭고기와 소고기와 양고기는 코방귀만 뀌니

그는 정말 햄을 좋아하지.

프레지날드가 이 시를 프레디에게 읽어 주었을 때, 프레디는 얼굴이 빨개지더니 무뚝뚝한 표정으로 "이건 별론데." 하고 말했다.

물론 프레지날드도 이 시가 썩 마음에 들지는 않았지만 다소 마음이 상한 그는 "그래, 나는……" 하고 말하려다 말고 갑자기 말을 멈추고는 "알았어." 하고 다른 곳을 향해 발걸음을 옮겼다. 그런데 프레디가 "다른 애들한테는 그 시를 읽어 주지 않았으면 좋겠는데." 하고 말했다.

프레지날드는 기가 막혔다. "알았어. 하지만 내가 왜 그래야 하는지 이유를 알아야겠어. 도대체 왜 그렇게 화가 난 거지?" 하고 물었다.

"그래, 나는 지금 화가 났어. 네가 정 알고 싶다면 말해 주지. 넌 너무 네 생각만 하는 것 같아."

"내 생각만 한다고?"

"그래, 만약 내가 맛있게 잘 구운 곰 고기에 관한 시를 썼다면 네 기분이 어땠겠니? 너도 분명 화를 냈을걸."

"아, 이제야 알겠다." 프레지날드가 고개를 끄덕였다. "세상에, 프레디, 정말 미안해. 나는 정말 그런 뜻이 아니었어. 그럼 맨 마지막 줄에 '햄을 좋아하는 그는 제정신이 아니지.' 라고 쓰면 어떨까. 응, 어때?"

"그것도 별로야. 사람들이 햄을 먹으면 병에 걸린다고 생각할지도 모르잖아."

"그럼 이렇게 쓰면 어떨까?" 프레지날드가 또 다른 제안을 했다.

그러나 나는 이렇게 말하고 싶네.
나야말로 햄을 먹는 사람이 정말 싫다고.

"그게 훨씬 좋다." 프레디도 마음에 들어 했다. "프레지, 넌 참 좋은 친구야. 화를 내서 미안해. 하지만 너도 알겠지만……."

"더 이상 아무 말도 하지 마." 프레지날드가 말했다. "내가 어리

석었어. 하지만 다 이해했으니 됐어."

서커스단이 다시 길을 떠난 지 보름 뒤 프레지날드의 부모님과 같은 숲에서 살고 있는 매 한 마리가 서커스단을 찾아왔다. 한참 동안 매와 이야기를 나눈 프레지날드는 어두운 표정으로 붐슈미트 아저씨를 찾아가 용건을 전했다.

"단장님, 죄송한데요. 아무래도 제가 서커스를 그만두어야 할 것 같아요."

그 말에 깜짝 놀란 붐슈미트 아저씨가 물었다. "프레지날드, 그게 대체 무슨 말이니? 갑자기 왜 서커스를 그만둔다는 거니?"

"우리 가족이 살던 동굴에서 쫓겨나게 되었대요. 숲의 주인이 나무를 모두 베어내고 옥수수를 심는대요."

"나쁜 놈 같으니라고!" 붐슈미트 아저씨가 흥분했다. "숲을 모두 뒤엎는다는 말은 생전 처음 들어 보네! 일부를 베어 낼 수는 있지만 전체를 다 뒤엎다니."

"뭐, 집을 헐 수도 있죠." 프레지날드가 말했다. "하지만 문제는 그게 저희 집이라는 거예요. 어쨌든 집에 가 봐야 할 것 같아요."

"물론 그래야지." 붐슈미트 아저씨가 말했다. "그럼, 당연히 그래야지. 정말 걱정이 되겠구나. 하지만 프레지, 우리가 있잖니. 우리 모두 함께 가자. 가서 내가 너희 부모님을 만나 봐야겠다. 잘 생각해 보면 좋은 방법이 있을 거야."

그리하여 서커스단은 힐데일을 향해 출발했다. 여행을 시작한 지 사흘이 지난 저녁 무렵, 행렬은 프레지날드의 부모님이 살고 있는 숲에서 약 800미터 정도 떨어진 곳에 있는 커다란 들판을 지나고 있었다. 거의 자정이 다 된 늦은 시각이었으므로 프레지날드는 아침이 되면 부모님을 만날 수 있을 거라는 기대에 가득 차 있었다.

다음 날 아침, 프레지날드가 눈을 떴을 때 주위가 시끌벅적했다. 사람이나 동물이나 할 것 없이 모두가 이리저리 뛰어다니면서 텐

아기곰 프레지날드

트를 풀고 나무못을 박고 있었는데, 이미 공연 준비가 다 끝난 듯했다.

"단장님, 무슨 일이죠?" 프레지날드가 붐슈미트 아저씨에게 물었다. "지금 공연 준비를 하는 거 아니에요? 그렇죠?"

"애야, 깜짝 놀랐지?" 붐슈미트 아저씨가 웃으면서 말했다. "다름이 아니라 해크와 나는 그동안 우리를 위해 애써 준 너에게 우리가 얼마나 고마워하고 있는지 꼭 보여 주고 싶었단다. 그런데 너희 부모님과 친구들 앞에서 공연을 하는 것 말고는 더 좋은 생각이 떠오르지 않더구나. 이를테면 너를 기념하기 위한 공연이지. 그러니까 어서 가서 부모님과 친구들을 데리고 오렴. 아니, 그렇게 고마워할 건 없어. 이건 정말 별 것 아니란다. 안 그래 해크? 자, 서둘러라, 모든 준비가 끝났다."

프레지날드는 숲으로 달려가서 부모님과 소꿉동무들은 물론이고, 지난번에 집에 갔을 때 사이가 좋지 않았던 댄까지 모두 불러 모았다. 그들은 모두 신이 나서 서커스를 보러 몰려들었다. 그중에는 지난 20년 동안 언덕 너머에 있는 동굴에서 100미터 이상은 절대로 나오지 않던 프레지날드의 증조 할아버지도 계셨다.

쇼는 그야말로 대성공이었다. 출연자들은 모두 프레지날드를 좋아했기 때문에 곰과 토끼, 다람쥐, 스컹크, 여우, 쥐, 물총새들은 얼마 되지 않은 방청객 앞에서도 최선을 다했다.

쇼가 끝나자 모두를 위한 케이크와 아이스크림이 준비되었다. 동물이나 사람이나 할 것 없이 서커스를 보러 온 방청객들은 모두 서로를 껴안을 정도로 다닥다닥 붙어 앉아 있었다. 하지만 붐슈미트 아저씨는 프레지날드의 친척들만큼은 특별히 자신의 마차로 초대했다. 그리고는 그들이 살고 있는 숲의 주인을 찾아가서 숲을 자신에게 팔라고 제안했지만 주인이 거절했다는 이야기를 들려주었다.

"세상에." 아저씨가 말했다. "난 그런 사람은 처음 봅니다. 내가 그 숲을 사서 프레지날드가 그곳에서 살 수 있게 해 주고 싶다고 이유까지 설명했답니다. 또 그가 다른 사람에게 받을 수 있는 것보다 훨씬 많은 금액도 제시했고요. 그런데도 그는 내 말을 들으려고도 하지 않았답니다. 그래서 제가 '정말 답답합니다. 당신은 이 곰들을 집에서 쫓아내고 싶은 거요?' 하고 물었더니 '어쩔 수 없는 일이오. 벌써 일이 진행 중이란 말이오' 라고 말하더군요. 게다가 '그리고 곰들은 이제 한물갔어요. 요즘 농부들은 더 이상 곰을 키우지 않아요.' 라고 하더군요. 정말 죄송하게 되었습니다. 여러분과 프레지날드에게 숲을 선물하고 싶었는데, 제 뜻대로 되지 않는군요."

"아직 철이 없는 우리 프레지날드가 과분한 사랑을 받고 있군요." 아빠 곰이 감격해서 말했다. "얘가 도움이 되었다면 다행입니

아기곰 프레지날드

다. 하지만 이제는 서커스단을 그만두어야 할 것 같네요. 우리 프 레지날드가 없는 게 허전해서 뿐만이 아니라 새 집을 찾아서 손을 보려면 아무래도 애 엄마한테는 프레지날드가 있어야 할 것 같아 서요."

"단장님이 베풀어 주신 은혜에 대해서는 어떻게 감사하다는 말 씀을 드려야 할지 모르겠어요." 엄마 곰도 거들었다. "그동안 친절 하게 대해 주셔서 정말 감사합니다."

"뭘요." 붐슈미트 아저씨가 말했다. "오히려 제가 고마운걸요. 프레지날드 덕분에 정말 저도 즐거웠답니다." 아저씨는 말을 멈추 고 코를 세게 풀었다. "아 참, 내게 좋은 생각이 있어요!" 아저씨 얼굴이 갑자기 환해졌다. "버지니아에 큰 농장이 하나 있거든요. 아마 프레지날드에게 그 농장에 대한 이야기는 전해 들으셨을 줄 압니다. 그곳에는 나무가 너무 많아서 누가 와서 나무 좀 가져갔 으면 할 정도랍니다. 그러니까 앞으로 남은 기간 동안 우리 모두 이곳저곳을 여행 다니다가 가을이 되면 저희와 함께 남쪽으로 가 서 거기서 지내시는 게 어떨까요? 그럼 제가 마차를 한 대 내드리 겠습니다. 그러면 집도 생기고, 프레지날드는 가족과 함께 지내면 서 서커스를 계속할 수도 있고요. 세상에, 왜 내가 진작 이 생각을 못했지!"

프레지날드의 가족들은 붐슈미트의 제안에 관심을 보였다. 이야기가 끝나자 프레지날드가 물었다. "정말 그래도 될까요?"

그러나 곰 가족은 모두 고개를 가로저었다. 아빠 곰이 말했다. "정말 고마운 말씀이십니다. 하지만 할아버지를 여기에 두고 떠날 순 없어요. 이젠 너무 늙으셔서 누군가 주위에서 돌봐드려야 하거든요."

"할아버지도 모시고 가면 되죠." 붐슈미트 아저씨가 말했다.

"그래도 될지 모르겠어요." 엄마 곰이 걱정을 했다. "할아버지께서 함께 가신다고 해도 오랜 여행을 견딜 수 있으실지……."

그때 갑자기 "너희가 뭘 안다고 그러냐?" 하면서 할아버지가 호통을 쳤다. 뒤를 돌아보니 할아버지가 마치 주무시는 것처럼 꾸부정하게 앉아 화가 난 표정을 짓고 계셨다. 늘 주위가 시끄러워도 아랑곳하지 않고 잠을 주무시거나 투덜거리며 집으로 가셨기 때문에 모두들 할아버지가 그들의 이야기를 듣고 있으리라고는 생각하지 못했던 것이다.

"할아버님," 엄마 곰이 말했다. "원래 방해받는 건 딱 질색이시잖아요, 그리고……."

"그럼, 그건 못 참지." 할아버지 곰이 말했다. "그러니까 입다물고 있어. 여기 이 양반이 우리한테 아주 근사한 제안을 하셨어. 그 제안을 받아들이자고."

"하지만 할아버님." 엄마 곰이 다시 입을 열었다. "다시 한번 잘

아기곰 프레지날드

생각해 보세요. 할아버님 연세에는 서커스단을 따라 이곳저곳을 돌아다니는 것이 별로 좋지 않을 실 것 같은데요."

"흥!" 할아버지 곰이 콧방귀를 뀌었다. "내가 좋아하지 않을 거라는 걸 네가 어떻게 아냐? 도대체 내가 뭘 좋아하는지 알기나 하냐? 지난 50년 간 이 숲이 얼마나 지겨웠는지 알기나 하니? 하지만 숲을 떠날 엄두가 나지 않았기 때문에 그냥 이렇게 참고 지낸 것 뿐이야. 내가 말도 별로 없고 또 까다롭게 굴지 않기 때문에 사람들은 내가 현명하다고 했어. 하지만 난 현명한 것과는 거리가 멀다. 그냥 지겨웠던 거야. 하지만 이제 살날도 얼마 남지 않았는데 내가 하고 싶은 일이나 하다가 죽을란다. 서커스단에 들어가고 싶으면 그렇게 할 거야. 혹시 아냐, 내가 공연을 할 수 있을지. 나도 한때는 훌륭한 춤꾼이었다고."

그러더니 할아버지는 자리에서 일어나 비틀거리며 스텝을 밟기 시작했다.

"할아버님! 할아버님!" 엄마가 소리쳤다. "오, 누가 좀 말려요!" 하지만 말릴 사이도 없이 할아버지는 곧 자리에 주저앉더니 가쁜 숨을 내쉬었다. "예전 같지 않군. 예전 솜씨를 회복하려면 연습을 해야겠어."

"자, 이제 모두 결정이 난 것 같은데요." 하고 붐슈미트 아저씨가 말했다.

실제로 할아버지 곰 덕분에 모든 고민이 해결되었다.

다음 날, 서커스단은 다시 여행을 떠나게 되었고, 프레지날드의 부모님은 빨간색과 금색으로 칠을 한 마차를 얻게 되었다. 할아버지는 손자와 같은 마차를 쓰게 되었다. 지금까지 할아버지가 무서웠던 프레지날드는 할아버지와 같은 마차를 쓰게 된 것이 좋은 일인지 판단이 서지 않았다. 그러나 할아버지와는 아주 좋은 친구가 되었다. 50년 동안 할아버지는 거의 말씀이 없으셨기 때문에 보통 사람들보다 훨씬 많은 생각을 할 수 있었다. 그래서 귀담아 들을 만한 좋은 이야기를 많이 들려주었다. 그리고 함께 여행을 할 수 있게 되자 할아버지는 대화에도 적극적으로 참여했는데, 그 결과 얼마 지나지 않아 할아버지는 서커스단에서 가장 인기 있는 동물들 중 하나가 되었다.

그 뒤로 몇 년 동안 프레지날드는 할아버지와 여름마다 함께 여행을 했고, 겨울이 되면 버지니아에 있는 부모님 집에서 함께 시간을 보냈다.

그러던 어느 봄날 할아버지는 다시는 북쪽으로 여행을 떠나지 않겠다고 선언을 하셨다. 할아버지는 강도들의 두목이었던 황소와 절친한 친구가 되었는데, 한 번도 캘리포니아를 구경한 적이 없던 두 친구는 함께 해변에 놀러 가기로 마음을 굳혔다. 그리고 따뜻한 봄날 마침내 그들은 함께 출발했다. 그리고 다시는 돌아오지 않았다.

일 년에 한두 번 프레지날드는 바닷가에 야자수들이 늘어서 있는 사진이 실린 엽서를 받았는데, 거기에는 "이곳은 정말 멋진 곳이구나. 너도 함께 왔으면 좋았을 텐데."라는 짤막한 글이 적혀 있었다.

그리고 가끔씩 붐슈미트 아주머니는 예어스 코너스에서 영화를 본 뒤 산을 넘어 그들을 찾아와서 이런저런 영화에서 황소와 곰이 함께 나오는 장면을 보았다고 말해 주었다. 아주머니는 그들을 자신의 친구들로 확신하고 있다. 하지만 과연 그들이 할리우드에서 성공을 거두어 영화에 등장했는지, 조용한 산속에서 살고 있는지 정확히 아는 사람은 아무도 없었다. 왜냐하면 그림 엽서에는 그런 것을 미루어 짐작할 수 있을 만한 내용이 조금도 적혀 있지 않았기 때문이다.

프레지날드는 아직도 서커스단에 남아 있으며, 지금은 서커스 업계에서 가장 유명한 곰이 되었다. 이제는 무대에 서지 않지만 그를 보고 싶다면 총지배인에게 부탁하면 된다. 그리고 프레지날드를 알고 있다고 하면, 그가 아마 공짜 표를 줄지도 모른다.

아기곰 프레지날드

플로리다에 간 프레디

추운 겨울을 피해 따뜻한 남쪽 플로리다를 찾아
떠난 빈 아저씨 농장의 동물 친구들이 여행길에
서 만나는 무섭고 흥미진진한 사건들.

208쪽 | 값 9,000원

탐정 프레디

빈 아저씨네 농장에서 벌어지는 기이한 사건들.
탐정 프레디가 날카로운 관찰과 뛰어난 추리로
사건을 해결한다.

216쪽 | 값 9,000원

북극에 간 프레디

북극으로 여행을 떠난 동물들의 우정과 모험. 흰
눈이 끝나는 북극의 수평선에는 무지갯빛 산타의
얼음 궁전이 있다.

260쪽 | 값 9,500원

마술사 프레디

동물 친구들과 함께 비열하고 욕심 많은 마술사
징고를 통쾌하게 골려 주는 프레디의 활약과 환
상적인 마술쇼.

288쪽 | 값 9,500원